JAPANFOUNDATION

Este livro foi publicado com o apoio da Fundação Japão.

Izumi Suzuki

Tédio terminal

Tradução

Andrei Cunha, Rita Kohl e Eunice Suenaga

Terminal Boredom by Suzuki Izumi © 20xx by Suzuki Azusa
Todos os direitos reservados.
Edição original em japonês publicada em 2014 por BUNYU-Sha Inc.
Direitos de tradução para o português brasileiro negociados por BUNYU-Sha Inc.

© 2024 DBA Editora

1ª edição

PREPARAÇÃO
Tomoe Moroizumi

REVISÃO
Carolina Kuhn Facchin
Fernanda Dias

ASSISTENTE EDITORIAL
Nataly Callai

DIAGRAMAÇÃO
Letícia Pestana

CAPA
Andy Pressman

FOTOGRAFIA DE CAPA
© Nobuyoshi Araki / cortesia de artspace AM

Impresso no Brasil/Printed in Brazil
Todos os direitos reservados à DBA Editora.
Alameda Franca, 1185, cj 31
01422-005 — São Paulo — SP
www.dbaeditora.com.br

Dados Internacionais de Catalogação na Publicação (cip)
(Câmara Brasileira do Livro, sp, Brasil)

Suzuki, Izumi, 1949-1986
Tédio terminal / Izumi Suzuki; tradução Andrei Cunha, Rita Kohl e Eunice Suenaga. -- 1. ed.
São Paulo : Dba Editora, 2024.
Título original: Terminal boredom : stories.
ISBN 978-65-5826-090-5
1. Ficção científica 2. Ficção japonesa I. Título.
CDD-895.636   24-217242

Índices para catálogo sistemático:
1. Ficção : Literatura japonesa 895.636
Tábata Alves da Silva - Bibliotecária - CRB-8/9253

SUMÁRIO

UM MUNDO DE MULHERES COM MULHERES	7
"*YOU MAY DREAM*"	41
PIQUENIQUE NOTURNO	81
LEMBRANÇAS DO SEASIDE CLUB	105
A FUMAÇA ENTRA NOS OLHOS	133
ESQUECI	157
TÉDIO TERMINAL	201

UM MUNDO DE MULHERES COM MULHERES
Tradução: Andrei Cunha

— Passou um homem na frente de casa hoje de manhã.

— Ah, claro — respondeu minha irmã. — Onde teria homem aqui?

Bom, isso é verdade..., pensei.

No princípio, só havia mulheres na Terra. Viviam em paz, mas um dia uma mulher deu à luz uma criança diferente. Tinha uma aparência estranha, era meio bruta em tudo o que fazia, estabanada; morreu depois de causar, por anos, todo tipo de transtorno à sua volta, mas não sem antes deixar descendentes. Assim começou a linhagem dos homens.

Após a morte desse primeiro, o número de homens aumentou cada vez mais. Acredita-se que foram eles que descobriram a guerra e as armas. Mas o pior mesmo foi quando se puseram a brincar com determinados conceitos — como revolução, trabalho, arte — pelos quais passaram a nutrir uma estranha obsessão. Desperdiçavam sua energia, canalizando-a para essas coisas sem forma. Orgulhavam-se mesmo disso, afirmando ser essa a sua melhor qualidade: a paixão que ardia neles por coisas como a aventura e o romance, que não tinham utilidade alguma na vida cotidiana. Ainda que adultos, os homens agiam como crianças; se achavam complexos, mas eram muito simples — em suma, eram criaturas totalmente descontroladas.

As mulheres também valorizavam conceitos — como "amor", por exemplo —, mas, nesse caso, "amor" queria dizer algo específico: era a capacidade de, mesmo com sono, suportar o choro incessante dos bebês e trocar-lhes as fraldas; ou ainda de dividir o alimento obtido com as pessoas mais fracas sob sua proteção. Esse "amor" não incluía, porém, pessoas de fora de seu grupo; pois, se alguém fosse dividir seu alimento com estranhos, poria em risco a sua sobrevivência e a de seus familiares.

Com o aumento do número de homens, as mulheres se obrigaram a exercer uma vigilância redobrada sobre cada um deles. O problema é que dava muito trabalho ficar de olho no que os homens faziam. Ainda assim, a maioria das mulheres parecia ter um dom natural para esse tipo de cuidado. Afinal de contas, elas sabiam proteger seus lares.

Após muitos e muitos anos, os homens passaram a dominar a sociedade por meio da violência e do conhecimento. Só queriam saber de guerrear — talvez porque, para eles, o *ikigai*, o sentido da vida, estivesse nas guerras, fossem grandes ou pequenas. O conflito se entranhou no dia a dia, e mesmo o trânsito ou o vestibular viraram guerras. Quando tudo vira conflito, não dá mais para se usar a palavra "guerra". A vida piorou, e a responsabilidade pela piora foi dos homens. Quando a violência no trânsito e a competição por uma vaga na universidade se tornaram insustentáveis, passou-se a usar a palavra "inferno". Foi então que surgiram expressões como "o inferno do trânsito" ou "o inferno dos exames de admissão".

Por gerações e gerações, a indústria continuou produzindo cada vez mais bens de consumo, como um grande hino celebrando a ordem e o progresso. No entanto, a partir do final do século XX, o número de nascimentos de meninos passou a diminuir estranhamente. Acredita-se que isso se deva a um fenômeno chamado "poluição". Os homens, inventores das máquinas a vapor, não souberam prever que um dia seriam aniquilados por elas.

De qualquer forma, havia cada vez menos homens, ainda que não se saiba ao certo a verdadeira razão para isso. Como o costume era que o amor devia ser entre um homem e uma mulher, a escassez de homens foi causa de muita tristeza para as mulheres. Apesar disso, o número de homens continuou a diminuir.

Hoje em dia, só dá para ver homens indo à Zona Habitacional de Isolamento.

— Tá vendo assombração, menina? — perguntou Asako, enquanto servia o chá.

Aquela resposta me fez duvidar do que vira.

— Será? Depois fui olhar num livro de história, e lá na parte sobre o final do século XX tinha uma figura de um homem com a mesma aparência. Cabelo curto e calças.

— E por acaso eu também não tenho cabelo curto e não estou usando calças?

De fato, ela havia cortado o cabelo curto e estava usando calças de linha de algodão.

— Sim, mas a calça do homem não era de boca larga como a sua, era justa nas pernas. E ele não tinha seios.

— Tem tanta mulher com seios pequenos!

— Ah, sei lá, ele tinha um jeitão diferente. Robusto, alto, se mexia de um jeito brusco. Não sei dizer... tinha presença.

— Nossa, hein? Nem parece que é a primeira vez na vida que viu um homem. Eu fui com minha turma do ensino médio numa excursão à Zona de Isolamento, mas os homens lá não tinham nada a ver com o que eu imaginava. A pele deles parecia áspera, cheiravam mal. Eram todos meio esquisitos. Talvez seja porque estão confinados naquele lugar, mas me deram a impressão de serem muito preguiçosos também. Você vai ver, quando for com a sua turma. São nojentos. E que livro é esse que você diz que andou consultando?

Era proibido publicar informações sobre os homens.

— Um que tinha na casa da minha amiga.

— E por que tinha esse livro lá?

— A mãe dela... acho que trabalha no Departamento de Inteligência. Nem a minha amiga sabe direito. Ela pegou um grampo e destrancou a fechadura do escritório e me disse que eu podia olhar o livro que quisesse.

— Mas que pilantra!

— Tinha também um monte de filmes.

— Se alguém fica sabendo que vocês mexeram nisso, vai ser uma confusão. Presta atenção, Yûko. Sei que é complicado de entender, mas esse tipo de coisa pode deixar as regras da sociedade de pernas pro ar. Vê se aprende. O mais importante de tudo é a ordem. Obedecer às convenções. Se todo o mundo fizer sua parte, a humanidade não vai se extinguir — explicou ela calmamente, como uma boa irmã mais velha.

Acrescentei leite ao meu chá preto.

— Por "humanidade", você quer dizer "as mulheres"?

— Claro que sim. Sua professora não ensinou isso pra vocês?
— Sim, ela falou disso.
— Pois então, isso.
— Mas e os homens?
— Os homens também são humanos, mas são uma mutação. São bárbaros, aberrações.
— Mas não houve uma época em que eles dominavam o mundo?

Essa parte da história a escola não ensina direito. Essas coisas feias a gente só fica sabendo por meio de conversas entre amigas. Cerca de dois, três anos antes, alguém havia publicado um folheto clandestino intitulado *Estudos masculinos*. Uma amiga me mostrou. Mas logo em seguida a polícia descobriu a operação e confiscou todos os exemplares. As criminosas foram presas e enviadas para um campo de detenção.

O conteúdo do folheto foi denunciado em jornais afixados em locais públicos, acusado de ser "uma publicação terrível que incita a curiosidade".

No tempo da minha avó, os jornais eram entregues de casa em casa, e todos os pontos do país eram interligados por uma rede de transporte. Ainda hoje se vê, no meio das ruínas das grandes rodovias, as colunas grossas de concreto que as sustentavam. Devido ao perigo de desmoronamento, a gente não pode se aproximar. Quando as matérias-primas se tornaram escassas, o volume da produção industrial se reduziu, assim como o número de homens. Na escola, a professora nos ensinou que os responsáveis por essa cultura temerária eram os homens. Já praticamente não havia mais petróleo na Terra. As reservas remanescentes são irrisórias. Hoje em dia, dependemos quase que apenas da energia solar. Restou às mulheres preservar a duras penas o mundo devastado pelos homens.

Antes, havia um aparelho de televisão em cada casa. Não consigo sequer imaginar como era a vida assim. Com o apertar de um botão, podia-se assistir a um número infinito de programas, desde cedo de manhã até tarde da noite. E tudo de graça! A rede de televisão estatal cobrava uma taxa dos cidadãos, mas parece que no fim as pessoas se revoltaram e pararam de pagar. A televisão era a principal fonte de entretenimento das mulheres. Minha avó sempre contava que, quando criança, assistia à televisão todos os dias. Apesar do tal "inferno dos exames", minha avó disse que os pais dela não a obrigavam a estudar. Ela queria ser cantora. Naquela época, as cantoras apareciam toda hora na TV. E, como a maioria das pessoas assistia à televisão, essas cantoras se tornavam famosas. Por serem famosas, um monte de gente ia aos seus concertos e apresentações. Mas acho difícil acreditar que antigamente todo o mundo assistia à TV. Minha avó disse que foi muito triste quando as redes de televisão desapareceram e os homens começaram a escassear.

— Tá, agora chega. Vai dormir. Já são quase oito. Vão desligar a luz.

Foi só minha irmã dizer isso e a luz da cozinha, que já era fraca, se apagou de repente. O luar desenhou listras sobre a mesa.

— Olha que lua linda, meio avermelhada. Ela está lá longe...

Asako apontou para a janela. Terminamos de beber o chá e contemplamos a lua. Estava baixa no céu. Tinha a aparência de uma esponja inchada, com uma cor doentia.

— Como será que está nossa mãe?

Senti como se tivesse dito algo que não devia. Mas minha irmã não me repreendeu. Pelo contrário, tentou me consolar:

— Mês que vem a gente a vê de novo.

— Tá bom.

Nós só podemos visitá-la uma vez por mês, por dez minutos. Mal a gente chega, o tempo já acaba. Toda vez tem uma guarda olhando, então nem podemos falar com liberdade. Ultimamente, minha mãe sempre começa a chorar na hora de se despedir.

— Por que prenderam ela?

— Porque ela cometeu um crime — disse minha irmã, como se fosse o óbvio.

Mas o fato é que minha irmã também não sabe muito bem o motivo. Um belo dia, chegaram pessoas desconhecidas e a levaram. Minha irmã se lembra desse dia, pois já tinha uns quatro, cinco anos quando tudo aconteceu.

— A vovó disse que foi porque ela estava escondendo uma pessoa perigosa — disse minha irmã, sem convicção.

— E o que aconteceu com essa pessoa?

— Também foi presa, claro. Mas acho que foi enviada pra outro lugar. Pelo menos a gente pode ir visitar nossa mãe. Acho que foi a polícia secreta que veio prendê-la.

— E isso de "polícia secreta" existe mesmo?

— Acho bem provável... Mas não conte a ninguém que eu te disse isso.

— Eu sei, eu sei.

— Acho até que essa polícia secreta tem alguma ligação com o Departamento de Inteligência. Mas isso fica entre nós.

— Tá bom, já sei.

— As outras pessoas acham que nossa mãe morreu. Ninguém pode ficar sabendo a verdade. Porque isso seria uma ameaça à ordem social.

— O.k.

Acho que minha irmã é meio neurótica com essas coisas. Deve ser por causa do trauma de ter visto a mãe ser levada pela polícia.

— Além disso, eu perderia meu emprego.

Asako está sempre repetindo esses comentários desagradáveis. Acendi uma vela. Era barata e fedorenta, mas melhor do que as usadas pela maioria das pessoas: lâmpadas à base de gordura animal. Elas, sim, tinham um cheiro horrível e faziam uma fumaceira. A gente tinha decidido não economizar em luz.

— Tá, já vou dormir. Amanhã lavo a louça. — falei, me levantando.

— Deixa que eu lavo — disse minha irmã. — Leva a vela. É muito escuro na escada.

— Já tô acostumada.

No pé da escada, vi que a lua vertia sua luz pela janela. Eu estava com sono porque acordara muito cedo.

Tinha acordado às quatro da manhã, por causa do calor opressivo. A pequena janela do quarto estava fechada. Quando fui abri-la, vi o tal homem passar pela rua. Não havia mais ninguém lá fora. Observei-o por um bom tempo.

No quarto, abri o meu diário sob a luz do luar. Ganhara aquele diário de minha avó no meu aniversário de dezesseis anos. Já o usava havia dois anos.

Tinha pensado em registrar o ocorrido naquela manhã, mas depois de tudo o que minha irmã dissera, não sabia mais se queria mesmo fazer isso. Enxergo muito bem, mas se continuar a escrever só com a luz da lua, vou acabar estragando a vista. Decidi não dizer mais nada a ninguém nem escrever sobre o homem que eu vira. Anotei a data no caderno e parei um pouco para refletir.

A professora nos levou ao teatro. Era dia, mas as luzes estavam todas acesas. Tudo estava iluminado, fiquei muito surpresa. Tudo ali era novo para mim; eu nunca tinha ido a um lugar tão cheio de gente. Maki disse que às vezes havia apresentações com homens. Um espetáculo chamado "boxe". Mas, em seguida, Rei disse que não, que não era ali que isso ocorria, mas em outro prédio, tipo um ginásio de esportes. Daí veio a professora e encerramos a conversa. Lá dentro também era tudo muito iluminado, muito bonito. Voltamos para casa em uma carruagem puxada a cavalos.

Minha irmã disse que daqui a pouco não vai mais haver carruagens. É verdade que já não há mais tantas. É um luxo andar de carruagem, ou ainda nos carros não poluentes, que são mais comuns. A maioria das pessoas vai a pé se o deslocamento é de uma hora ou menos. Fiquei muito feliz de andar de carruagem, e por isso decidi registrar o acontecimento no diário. Asako trabalha em um centro de pesquisas sobre energia. Ela me disse que logo, logo será possível usar urânio e plutônio no dia a dia. Há também muitas pesquisas sobre energia solar. Esses dias minha irmã disse uma coisa assustadora: "O sol não passa de um amontoado de bombas de hidrogênio".

Abri a janela e olhei lá para baixo. Não tinha ninguém na rua, claro.

Talvez eu tenha mesmo me enganado sobre o que vira de manhã cedo.

Fui me deitar.

Lá fora, as folhas da zelkova farfalhavam.

Ouvi o ranger das tábuas da escada.

— Já dormiu? — perguntou minha irmã, do lado de fora.

— Ainda não... — grunhi.

— Não esqueça que você não pode contar a ninguém o que falamos há pouco — disse ela baixinho.

— Tá bom, pode deixar — respondi, sonolenta.

— Não conte a ninguém essa história de ter visto um homem.

Mas que chata!, pensei.

— Não se preocupe.

Imaginei Asako do outro lado da porta, com a vela na mão. Houve um momento de silêncio. Ela devia estar pensando alguma coisa. Ou talvez estivesse demonstrando como é que se fica calada.

— Bom, então tudo bem. Boa noite — disse por fim, e foi para o quarto.

— Boa noite! — respondi, impaciente.

Mas acho que falei baixo demais e ela não ouviu. Puxei o cobertor e o lençol até a altura do peito. Sempre levo duas ou três horas deitada até conseguir pegar no sono. No entanto, naquela noite, não demorou muito e logo eu estava dormindo.

Quando acordei, ainda estava escuro.

Não sabia que horas eram. O relógio ficava na sala. Tive preguiça de ir olhar e resolvi ficar ali deitada.

Tentei reunir os fragmentos de sonho de que me lembrava, mas não consegui. E estava tão desperta que não cogitava dormir de novo. Não tinha mais nenhuma sonolência.

Me levantei e me vesti no escuro.

Abri a gaveta da escrivaninha e peguei um cigarro que roubara do quarto da minha irmã. Corria o risco de ela descobrir, por causa do cheiro; mas, como ela também fuma, talvez não se desse conta; e a vovó quase nunca vinha até meu quarto.

Acendi o cigarro e traguei. Alguns segundos depois, senti como se todo o sangue do meu corpo tivesse se esvaído. Como se meu cérebro estivesse sem oxigênio. Fiquei tonta e resolvi me sentar na cadeira. Tive a sensação de que a ponta dos meus dedos esfriara.

Nesse instante, lembrei-me da música que ouvira no teatro aquela tarde. Era um novo musical, uma história de amor. A heroína se chamava Sapho ou Saffo, algo assim. Todas estavam enlouquecidas pela atriz, que realmente era muito bonita. Eu também gostei muito dela, mas fiquei quieta porque andava irritada com esse assunto. Eu já tinha idade para namorar, mas até aquele momento o máximo que me acontecera nesse quesito tinha sido receber um ou outro bilhetinho anônimo.

Eu tinha comprado um docc no saguão de entrada para comer antes da peça. Aqui e ali se via algum casal de namoradas. Claro que ninguém estava se pegando, por causa da presença da professora, mas só de ver os parzinhos formados já me dava inveja.

Maki e Rei, que não tinham namorada, se sentaram para comer biscoitos comigo. Não pude evitar de pensar que nós formávamos o time das três feias.

— Que linda aquela atriz. Queria uma namorada assim pra mim.

O rosto de Rei se enrubesceu. *Está excitada com o quê?*, pensei, irritada.

— E o que você faria com ela? — perguntou Maki.

— Ah, todos os dias eu prepararia a marmita pra ela levar pro trabalho!

— Credo, que trouxa. Esse tipo de mulher não presta. Ela ia te passar pra trás. Aposto que tem um monte de passiva espalhada por aí.

A gente só falava desse jeito vulgar entre nós. Há boatos de que Maki é ativa. Não que ela seja muito popular — aliás, não é nem um pouco. Uma vez a ajudei a escrever um bilhetinho de amor, mas as coisas que ela botou no papel eram tão simplórias que eu mandei refazer tudo. No fim, ela enviou o que tinha escrito no início, sem as correções, e provavelmente por isso teve mais uma decepção amorosa. A menina em questão era mais nova que Maki e acabou fugindo com outra mais velha com pinta de delinquente.

Maki então decidiu: "Vou virar marginal". No entanto, além de começar a fumar (eu não reclamo; afinal, de vez em quando ela me dá meia dúzia de cigarros), nada mais mudou, e ela continua sem sucesso com as garotas.

Cigarro é artigo de luxo, não tem para vender em qualquer lugar. Quase sempre tem gosto ruim e vem mal empacotado em embalagens meio sujas, mas um maço não sai por menos que o preço de dois quilos de arroz.

— Se eu fosse você, não me metia com atriz nenhuma. Elas são o inimigo — disse Maki, furiosa.

Todas andamos meio estressadas com a proximidade da formatura. As aulas acabam em setembro.

Recentemente, houve uma polêmica sobre uma sessão secreta organizada pelas meninas do Clube de Cinema da escola. Deu até no jornal. No fim, todas foram expulsas do colégio.

O filme exibido era anterior à Reforma Penal. Chamava-se *American Graffiti*, e não só tinha diversos personagens masculinos, como também os mostrava de maneira indesejável. O mundo era um lugar terrível antes de se tornar o que é agora, mas o filme mostra aquela sociedade de forma glamourizada, e isso é, ao que parece, algo imoral. Ainda assim, é claro que não foram as meninas do Clube de Cinema que retiraram o filme da cinemateca do Centro Cultural.

Claro que há filmes em que aparecem homens, mas eles são todos proibidos para menores de dezoito. Basta um homem aparecer em um filme para ele não ser mais sem censura.

Fumei lentamente para fazer render o meu precioso cigarro. Quando terminei, o mundo do outro lado da vidraça começava a se mover em direção à aurora.

Aproximei a cadeira da janela e fiquei olhando a rua.

Se ele não era uma assombração, pode ser que passe aqui de novo, pensei. Debrucei-me no parapeito e fiquei esperando, mas nada de ninguém aparecer. Será que ele sabia que alguém o vira? Pode ser que tenha fugido da Zona de Isolamento. Nesse caso, talvez eu devesse avisar a polícia. Se fosse outra pessoa, com certeza já teria feito a denúncia.

Voltei para a escrivaninha, mas continuei atenta à janela. Arranquei uma folha do caderno e escrevi:

Como você se chama? Por que está aqui? Juro que não falo para ninguém... Quero ser sua amiga...

Dobrei o papel no formato de uma tira estreita, que enrolei no pescoço de um coelhinho de porcelana e em seguida prendi com uma fita comprada na semana anterior, quando fora ao centro com minha irmã. Era de lamê azul-escuro, e achei um desperdício me desfazer dela sem nunca tê-la usado, mas enfim.

Voltei à janela e fiquei esperando com o coelhinho na mão. Mas e se ele não soubesse ler? Minha irmã uma vez me disse que não há escolas nesses guetos em que os homens vivem...

Por fim, enxerguei o mesmo vulto da manhã anterior, esgueirando-se por entre a sombra das árvores. Não parecia ter pressa, mas caminhava tentando não fazer barulho, o que dava a impressão de estar em fuga.

Joguei o coelhinho em sua direção. Ele ergueu o rosto. Sorri, como que para tranquilizá-lo, e deixei cair lá embaixo um lenço de algodão fino que tinha a meu alcance.

Era um lenço que eu tinha levado três dias rendando. Como minha irmã não gosta de trabalhos manuais, minha avó tinha me ensinado os pontos.

O provável homem teve uma reação de espanto e, em seguida, fitou meu sorriso com suspeita. Fiquei mais aliviada ao ver que não era medroso.

Ele pegou o coelhinho do chão e me lançou um olhar interrogativo. Assenti com a cabeça e me afastei da janela, para não o amedrontar. Ele não parecia, no entanto, nem um pouco assustado.

Me deitei na cama e cruzei as mãos na nuca. Fiquei ali distraída, sem pensar em nada. Nesse meio-tempo, a figura que eu observara passar pela janela se tornou uma imagem mais vívida.

Desci até a cozinha em busca de algo para comer. Só havia pão e alguns enlatados. A maioria das casas não tinha mais geladeira nem outros eletrodomésticos. Minha avó contava que antigamente todo o mundo tinha geladeira.

Será que o mundo regrediu? Que minha irmã não me ouça... Ela fica furiosa quando pergunto isso, pensei. "Foi olhando para o mundo pela lente do progresso que os rios e os mares acabaram contaminados" — ela responderia. Mas não era essa a minha dúvida. Outra vez ela disse: "Com o passar do tempo, o mundo vai tendo suas histórias e vai se deteriorando. Só isso".

Hoje, aonde quer que se vá — Londres, Nova York —, está tudo desse jeito. Fora que é quase impossível sair do país. Se alguém conseguisse sair daqui, voltaria transformada em celebridade. Viraria notícia nos jornais distribuídos em locais públicos, como os prédios de escritórios e as escolas. Até no rádio sairia. Temos apenas duas rádios, que transmitem das sete às dez da manhã e das cinco da tarde às oito da noite. O meu sonho é um dia viajar para o exterior, mas acho que vou morrer sem tê-lo realizado.

Debrucei-me à mesa e mordi um pedaço de pão. Tinha um gosto cru, de raiz. Fiquei com vontade de comer algo gostoso, mas, em nossa casa, vivemos apenas com a renda de minha irmã. Não podemos receber auxílio do governo, porque temos uma presidiária na família. Minha avó faz uns bicos, mas não ganha muito dinheiro com isso. Conseguimos sobreviver porque as refeições no trabalho e na escola são gratuitas. Decido não pensar mais em comida e passo margarina no pão. Olho para o relógio e são cinco horas e dezessete minutos. O tal homem passara por baixo da janela um pouco depois das quatro.

Com a fatia de pão na mão, calcei um chinelo e fui à rua dar uma olhada. Examinei cuidadosamente o chão abaixo da janela do meu quarto. O coelho de louça e o lenço não estavam ali. Ainda bem! Ele devia tê-los levado consigo.

Fiquei ali de pé comendo meu pão. Já estava bem claro na rua.

— Yûko, o que você está fazendo com a mochila do colégio? Caiu da cama, é? Hoje não tem aula — disse Maki.

— Você anda tão esquisita. Arrumou uma namoradinha, é? — perguntou Rei, com um lápis na boca.

— Mais ou menos — respondi, sem entrar em detalhes.

Duas semanas haviam se passado. Comecei a acordar cedo todos os dias para ficar à janela montando guarda. Ele passava mais ou menos a cada três dias. Ainda não havíamos trocado nenhuma palavra, só nos cumprimentávamos com um aceno.

— Quem é, quem é? — Maki quis saber, erguendo as sobrancelhas.

— É se-gre-do — respondi, dramática.

Elas sabiam que eu só criava esse ar de mistério com coisas que não tinham importância, então logo perderam o interesse.

Maki resolveu mudar de assunto:

— Você sabia que a Rei escreve todos os dias pra aquela atriz? Mandou até flores. É uma pateta.

— É mesmo? E a outra falou com ela?

— Falou uma vez, mas agora é ela que não sabe o que fazer.

Rei continuava a mastigar o lápis, com um ar desconsolado.

— Nas cartas, ela implorava todos os dias pra se encontrar com a atriz. Ia todas as manhãs deixar uma cartinha na caixa de correio dela. Certa manhã, a atriz estava voltando pra casa de alguma festa, viu Rei, pegou a mão dela e disse que ela era muito bonitinha!

Maki se voltou para Rei, que a fulminou com o olhar.

— Mas eu aposto que não foi só isso que ela fez... — disse Maki, e se pôs a fazer cócegas no pescoço da outra.

Com um sobressalto, Rei afastou a mão de Maki. Eu me vi na obrigação de mostrar interesse:

— Ela disse que queria te ver?

Mas a verdade é que eu não estava nem aí para a história. Não sentia mais nenhuma atração por aquela atriz — isso desde que começara a me interessar pelo personagem que passava sob minha janela de manhã cedo. Claro que no passado eu me apaixonara por uma atriz ou outra, e sempre guardava um pouco do meu dinheiro contadinho para a visita semestral que fazíamos ao teatro. Rei prosseguiu com o relato, desacorçoada:

— Ela escreveu, sim. Disse que queria me ver... queria ficar comigo...

Claro que ela estava só se fazendo de infeliz. Por dentro, devia estar radiante.

— Nossa, ela quer que você vá morar com ela? — Fingi acreditar, mesmo achando tudo uma palhaçada.

— Disse que vai entrar com os papéis no cartório. Quer cerimônia e tudo. Quer ter filhos...

— Puxa, que incrível!

Quando alguém quer ter um filho — desde que tenha atingido a idade mínima —, basta ir ao hospital. Não precisa estar casada nem nada, apenas provar que tem os meios de sustentar a criança. Acho que no hospital dão uma injeção na pessoa para ela engravidar.

— E você não vai procurar um emprego?

— Ai, não nasci pra trabalhar... — respondeu a descarada. — Se não der certo com ela, faço *omiai*, um casamento arranjado.

Rei se baseia em sua beleza e em sua pele clara para achar que alguém vai querer se casar com ela. Ouvi dizer que, antigamente, o normal era os homens trabalharem fora e as mulheres fazerem o serviço doméstico. Essa configuração continua existindo; no entanto, em vez de um homem, é a mulher mais masculina que trabalha fora, e a outra mulher, a que tem mais jeito para as coisas de casa, fica responsável por tarefas diversas.

Tocou o sinal para o início do turno.

— O que tem hoje? — perguntei.

— Visita de campo à Zona de Isolamento — respondeu Maki, com asco. — Que nojo. Pra que ir lá ver isso? Mas dizem que é pro nosso bem, então, fazer o quê...

Hoje em dia, as mulheres vivem com outras mulheres. No entanto, por algum motivo, o esquema de convivência continua baseado em uma ser mais "masculina" que a outra. Talvez seja esse o motivo por que devemos ir ver os homens... Para aprender o que é ser "masculino"... Não que um bando de meninas vá aprender muita coisa com uma visita.

O ônibus parou em uma zona residencial da periferia.

— Parece uma arena romana antiga. Ao menos olhando de fora... — comentou Maki.

Lembrava também uma fortaleza inexpugnável, cercada de muros altos.

— Parece que vai sair o David Crockett lá de dentro...

— Quem é esse? — perguntou Rei, com cara de sono.

— O do Forte de Álamo — respondi.

— Ih, lá vem ela com histórias de antes... — disse ela, desinteressada.

A professora gritou:

— Descendo do ônibus! Façam duas filas!

Descemos e nos enfileiramos diante de uma escadaria estreita que levava ao subsolo. Nossos risos e sussurros reverberavam contra as paredes do túnel.

— Por que fica no subsolo?

— Dizem que é porque a superfície eles usam para plantar legumes e verduras.

Chegamos a uma parada de inspeção. Havia duas policiais de guarda. Estavam armadas, fumando cigarros. Uma delas até ficava bem de uniforme, mas a outra tinha seios muito grandes e a roupa lhe caía esquisita.

A professora mostrou-lhes um papel com a permissão para a visita. As guardas contaram quantas éramos e revistaram as fileiras, como se estivessem fazendo uma rápida busca a terroristas infiltradas. *Se elas desconfiam da gente, por que nos fazem vir aqui? Melhor se não fizessem essas visitas*, pensei.

No entanto, tirando essa visita que a gente faz quando está no colégio, a maioria das mulheres jamais teria oportunidade de ver a cara de um homem.

Uma das guardas destrancou a porta de ferro. Entramos cochichando, impressionadas.

— Ainda hoje há bebês homens?

— Claro que sim, sua burra — respondeu Maki.

— Mas por que a gente não vê nenhum na rua? Só tem bebê mulher...

— Isso é porque é muito raro nascer um homem. A poluição alterou nossa genética.

— Tá, mas... eu nunca vi nenhum bebê homem.

— É que quando nasce um homem ele já é confiscado. Cada vez que nasce um homem, as pessoas dizem que a criança nasceu morta. Assim, todas nós podemos viver felizes. Esse tipo de coisa não se comenta. É como quando nasce uma criança com alguma deficiência, só resta aceitar o destino e não se fala mais nisso.

Como a Maki era inteligente!

O túnel era iluminado com lâmpadas fluorescentes embutidas no teto. Ali devia ter um sistema próprio de geração de energia, como os hospitais e os hotéis. O lugar parecia maior por dentro do que por fora.

Ao fim do túnel, havia outro posto de inspeção. Como no anterior, havia duas policiais montando guarda e uma terceira pessoa, que devia ser a guia, esperando entediada.

Uma das guardas estava lendo um livro enquanto coçava a cabeça. A caspa caía nas páginas. Tinha uma barba rala, talvez por algum desequilíbrio hormonal, e o peito musculoso. A aparência dela era nojenta. Talvez tivesse ido ao hospital e pedido para receber injeções de hormônios masculinos.

Eu tinha começado a sentir repulsa por esse tipo de mulher que raspa a cabeça, aperta os seios com uma faixa e usa calças. Isso desde que encontrara o menino a quem dera o coelho de porcelana. Ele tinha um frescor de novidade. Em contraste, a masculinidade dessas mulheres, baseada em alguma imagem mal compreendida do que vinha a ser um homem de antigamente, me parecia opressiva. Por sorte, não havia mais muitas mulheres assim. Acho que foi Rei que um dia comentou:

— Isso está ultrapassado. A moda hoje é ser mais discreta. Somos todas homossexuais, então não tem por que ficar imitando um papel de gênero antiquado...

Ali havia mais uma porta de ferro. A guarda abriu a porta e a guia entrou primeiro.

— Vamos começar nossa visita pela cozinha.

O interior da construção subterrânea era enorme. Acho que se estendia por uma área ainda maior do que a compreendida pelos muros da superfície. Dava para ter uma ideia da imensidão pelo tamanho dos túneis e das salas — ou talvez o lugar tivesse três ou quatro níveis diferentes.

Tudo indica que não nos mostrariam toda a construção, e sim apenas uma pequena parte.

— Esta parte aqui é um hospital onde cuidamos das pobres crianças que tiveram a infelicidade de nascerem homens — disse a guia.

A cozinha era um lugar gigantesco e vazio. Uma enorme quantidade de panelas, conchas e outros utensílios estava enfileirada à nossa vista.

— Agora é hora do almoço, então não tem ninguém aqui.

Não havia nada de interessante para ver. Era como uma visita guiada a um grande navio. No entanto, comparado a um cruzeiro luxuoso, tudo ali parecia miserável, descuidado, meio sujo — talvez porque a construção fosse muito velha.

— Aqui é onde eles dormem. Tem diversos cômodos assim.

Havia camas enfileiradas a perder de vista. Um homem com cara de rato dormia em uma delas.

— Ei, você! O que houve com você? — indagou a guia.

Começamos a cochichar nossas impressões e críticas ao que estávamos vendo.

— É que estou com dor de estômago... — disse o homem de idade indeterminável (mas que de jovem não tinha nada), com uma voz tristonha.

Fingindo não prestar atenção, ele tentava nos observar de canto de olho.

— E aquele outro que torceu a perna? — perguntou a guia.

— Ah, o B-0372? Está no refeitório, de muletas.

Nossa, eles não tinham nome!

Isso é provavelmente porque não são vistos como humanos. Ou melhor, porque não são humanos, mesmo. Ainda assim, até gato e cachorro têm nome... E nós, mulheres, precisamos da ajuda deles para deixar descendência... Não sei muitos detalhes, mas parece que os homens são criados em lugares como este por causa de uma secreção que eles emitem. Mais que isso, eu não sei.

— Tipo criação de abelhas? — perguntei a Maki, que entendia mais dessas coisas.

— Mais ou menos. Ainda que... é verdade que a nossa sociedade se baseia em especialização sexual, como a delas... mas, no caso das abelhas, há só uma rainha por colmeia...

— E nós somos todas abelhas-rainhas! — interrompeu Rei, e se pôs a rir.

— Está mais para... todas temos a possibilidade de sermos abelhas-rainhas. Todas podemos ir a um hospital e engravidar.

E quem não quer ter filhos, é só não engravidar. Foi isso que resolveu o problema do excesso populacional — acrescentei, para mostrar que também sabia uma coisa ou outra.

O homem com cara de rato não despertou o interesse de nenhuma das alunas e, pouco a pouco, todas recomeçaram a conversar entre si sobre os assuntos mais tolos. Mas eu estava em choque. Continuei assim por um bom tempo depois da visita. Isso porque os homens que vi naquele dia eram completamente diferentes do rapaz que eu via da minha janela. Difícil até pensar que fossem da mesma espécie. O rapaz nunca me dissera uma palavra, mas me transmitia a certeza de não ser mulher. Nos homens daquele lugar, no entanto, por mais que tivesse buscado, não consegui encontrar nenhum traço dessa convicção. Todos pareciam sem energia e amedrontados, com expressões desorientadas, pouco inteligentes.

Passado algum tempo, as alunas começaram a ficar entediadas. A fila se desmanchou e a bagunça começou.

— Silêncio, parem com isso! — gritou a professora, coberta de suor.

Ao seu lado, a guia esboçava um sorriso satisfeito.

— Que maravilha ver tantas mulheres jovens, depois de tanto tempo. Tão cheias de vida, tão saudáveis! O trabalho aqui não tem muito *ikigai*, não tem motivação. Não importa o que a gente faça por esses homens, eles não têm gratidão; e, se por algum motivo agradecem, é só da boca pra fora, sem sentimento. Estão intoxicados por uma insensibilidade terrível. Mas fazer o quê? Os homens são assim...

Só um pouquinho, pensei. *Não tem nada de errado com esse raciocínio, não? Acho que eu também, se ficasse a vida toda presa num lugar como este, sem nunca poder sair, acabaria ficando como que desconectada da vida.*

Quando a visita já tinha terminado e nos preparávamos para voltar, ocorreu um incidente.

Estávamos passando pelo refeitório. Lá dentro parecia não haver ninguém, pois já não era mais hora do almoço. Ainda assim, um homem veio correndo e se agarrou em uma das alunas. A menina gritou, e a professora e a guia vieram e tiraram o homem de cima dela.

A guia se pôs a xingá-lo e soou o alarme. Vieram três guardas correndo e o imobilizaram.

A menina atacada estava assustada, mas não chegou a passar mal ou desmaiar.

— Ainda bem que não foi nada grave! Peço desculpas, garota, pelo ocorrido. Não é a primeira vez que aquele homem faz isso. Ele não tem nenhum problema mental nem nada, mas alguma coisa estranha ele tem. Só nunca tinha atacado uma visitante. Quantas vezes ele ainda vai fazer isso, até não querer mais?

A guia se interrompeu, com cara de quem já tinha falado demais.

— Que perigo! — acrescentou a professora.

Não entendi muito bem que perigo era esse. Também não entendi por que ele atacou a menina. Se fosse por ódio de quem vive fora da Zona de Isolamento, ele deveria ter atacado com uma faca, uma machadinha, alguma arma letal. Não entendi o objetivo dele ao se agarrar a ela.

Acho que a professora também desconhecia o motivo real do acontecido.

No ônibus de volta, minhas colegas começaram a comentar como estavam decepcionadas com os homens que tinham visto. Na escola, está na moda ler um tipo de mangá sobre "o tempo de antes". Em geral, é proibido ver filmes ou ler livros de "antes", com exceção de um gênero, chamado *shôjo manga* ("mangá para mocinhas"). Os homens dessas histórias são quase todos jovens e charmosos. As mulheres que tentam adotar um estilo mais masculino se baseiam quase sempre nesses modelos. Minhas colegas acham que isso é que é homem.

As mocinhas dessas histórias se apaixonam, em geral, por homens bem magrinhos. Às vezes aparece algum homem gordo feito um porco, mas esses personagens são sempre coadjuvantes. Os mocinhos são altos e esbeltos, têm braços e pernas compridos, rostos alongados e são indiferentes, gentis ou ingênuos. Quase nenhum deles demonstra emoções intensas. E, no entanto, a Rei, por exemplo, acha que as atrizes que fazem esse tipo de papel masculino são muito "passionais".

Deve ser por isso que, ao verem os homens da Zona de Isolamento, minhas colegas se decepcionaram. É que elas esperavam encontrar homens tipo os dos mangás de "antes" que elas estavam acostumadas a ler.

— Achei todos horríveis — observou Rei. — Não tinha nenhum bonito, com mãos brancas, dedos compridos...

Todas queriam ter visto homens bonitos.

— Parecia mais um zoológico.

— Também não é pra tanto, mas acho que esses são de outra raça...

— Por que será que antigamente as mulheres queriam se casar com umas coisas assim, né?

— Mas será que os homens de antigamente não eram mais tipo os dos mangás?

— Talvez a espécie tenha se degenerado...

— Ou vai ver que os mangás só mostram um mundo de fantasia. Talvez os homens da vida real tenham o corpo mais robusto. Minha tia-avó me disse que ela viveu com um homem e que ele era bem forte. Ela contou que os homens de antigamente eram mais úteis e confiáveis do que esses de mangá...

— Mas você não sentiu o cheiro? Eles fediam tanto que achei que fosse passar mal.

— Sim. Um mau cheiro que me deu engulhos.

— O vestiário da quadra de vôlei tem o mesmo cheiro...

— Nada a ver!

A conversa continuou, animada.

Apenas eu estava distante, absorta em meus pensamentos.

Ao amanhecer, me sentei à janela.

Agora já era costume. Eu me sentava ali àquela hora, independentemente de saber se ele viria ou não.

Eu tinha resolvido que, se ele passasse naquele dia, ia falar com ele. Queria ser amiga dele. Estava decidida. Inclusive, não ia à aula. Para que nem minha irmã nem minha avó desconfiassem, pedi que Maki avisasse na escola que eu ia faltar.

— Tá, mas por que você não vai?

— Quero virar uma delinquente juvenil — respondi, por via das dúvidas.

Ela deu uma risadinha esquisita, *hi hi hi*, e aceitou minha explicação. Não tinha dúvida de que ela arrumaria alguma desculpa convincente.

Mais ou menos no mesmo horário de sempre, o jovem apareceu. Ele deu um assobio imitando um passarinho. Isso era para não acordar minha irmã, que tinha o sono muito leve. Mas talvez nem precisasse de tanta cautela, pois, depois de muito se queixar que não conseguia pegar no sono, ela andava tomando um remédio para dormir que conseguira sem receita de uma amiga que trabalhava na farmácia. E a minha avó, por sorte, é meio surda.

Escrevi um bilhetinho e joguei para ele:

Espere aí, já vou descer.

Ele leu a mensagem, guardou o papel no bolso e fez sinal de o.k. com a mão.

Peguei uma bolsa grande que levo sempre comigo e desci tentando não fazer barulho. A escada rangeu um pouco.

— Qual o seu nome? — perguntei baixinho ao menino que esperava sob minha janela.

— Hiro — respondeu, já fazendo menção de ir embora.

— Você é homem, certo? — perguntei, seguindo-o.

Ele era bem mais alto que eu. Visto de cima, da janela do meu quarto, não parecera tão grande.

— Claro que sim.

— Tá, então por que você está sempre andando por aqui? Os homens ficam na Zona de Isolamento...

— Shhhh... — ele disse, levando o dedo aos lábios.

Caminhava a passos largos. Era difícil acompanhá-lo.

Um pouco mais adiante as casas eram mais escassas. Aqui e ali, viam-se plantações, ruínas de fábricas, terrenos baldios. Talvez ele estivesse procurando um lugar deserto.

— Quer vir na minha casa? — perguntou quando chegamos à altura do muro de uma fábrica de automóveis, há muito desativada.

Eu fiz que sim com a cabeça. Não sei por quê, mas estava me sentindo muito feliz.

— Mas me prometa que não vai falar disso para ninguém.

Acho que ele disse aquilo por dizer, pois já parecia decidido desde antes a confiar em mim.

— Eu não tenho onde morar, então no momento estou vivendo aqui...

Ele encontrou um lugar onde o muro havia desmoronado e entrou no terreno da fábrica de automóveis. Havia um prédio enorme e, em um lugar um pouco afastado — se fosse uma escola, seria a casinha do zelador ou do guarda noturno —, ficava uma construção bem menor.

— Eu quase nunca saio. Foi por sorte ou por acaso que encontrei você. Às vezes, me dá uma vontade desesperada de me vestir como homem, então uma vez por mês, mais ou menos, saio para passear de madrugada.

— Só uma vez por mês? — perguntei, surpresa.

Ele trancou a porta por dentro e guardou a chave. Estava escuro. Tinha duas janelas, mas estavam com as persianas fechadas.

— Pois é... Depois que me deu o coelho, senti vontade de ver você de novo. Daí, comecei a sair com mais frequência, mesmo sabendo do perigo. Acho que só não fui pego por sorte. Me dá um arrepio só de pensar.

A casinha parecia ter dois cômodos. Ele tirou os sapatos e eu fiz o mesmo.

— Você não precisa tirar o sapato, é mulher — disse ele, rindo. — Estes sapatos eram do meu pai. Ficam um pouco grandes em mim.

— Que é isso, "pai"?

— O homem que te criou.

— E lá existe isso, homem que cria a gente — disse, assustada, erguendo a voz.

Depois, pensando melhor, concluí que, biologicamente falando, seria "o macho que te criou".

— Você com certeza tem um pai — disse ele, com calma.

— Tenho nada! Eu não tenho nem mãe.

— Tá, mas um dia você teve mãe, ou não? — Ele riu.

De repente, senti que eu queria que ele soubesse tudo a meu respeito. Comecei a falar sem parar, sobre minha família, sobre a escola...

— Essa tal "irmã mais velha" é sua parente de sangue?

Fiquei bem surpresa com a perspicácia da pergunta. Minha mãe vivia com minha avó quando adotou minha irmã. Ela nunca se casou. Já eu nasci da barriga dela.

— Bem que eu achei. Uma filha só dá muito na cara. Entendeu? Duas mulheres não conseguem fazer um bebê.

— Claro que não. É preciso ir ao hospital para fazer um.

— Mas se for um homem e uma mulher vivendo juntos, muitas vezes eles fazem um bebê naturalmente.

Retruquei que era por isso que os homens ficavam isolados. Se pudessem andar pela rua, a radiação de seus corpos engravidaria todas as mulheres pelas quais passassem.

— Mas que besteira! — Ele riu.

Hiro estava sempre rindo.

— Tá rindo do quê?

— Você é engraçada.

— E por que você mora aqui?

— Ora, porque fugi de casa.

— Onde está sua mãe?

— Ela mora por aqui. Perto da sua casa. Quando saio de dia, vou vestido de mulher. É menos perigoso. Só que odeio usar saia. Quando eu era menor, não me importava de me disfarçar de menina.

Ele não sabia dizer de onde a mãe o tirara, mas ela havia vivido por muitos anos com um homem. O homem ficava escondido no sótão, para que ninguém o visse. Ela morava na periferia, onde as casas ficam mais afastadas umas das outras, então à noite ele podia até sair no pátio para esticar as pernas. Num inverno, ele adoeceu e morreu. Claro que não puderam consultar uma médica...

Quando ela engravidou, pediu a uma amiga que trabalhava em um hospital que forjasse a certidão de nascimento. Anos depois, a amiga resolveu chantageá-la.

— No seu caso, acho que sua mãe não tinha ninguém com quem conseguir uma certidão de nascimento, então acabou presa — acrescentou ele. — Quando puder, dê uma olhada no local de nascimento na sua certidão. Aposto que é a prisão onde sua mãe está.

No meu entusiasmo, eu tinha contado a ele tudo sobre minha vida — até que minha mãe estava presa. No entanto, como eu sabia da existência dele, achei que não precisava me preocupar, pois ele não ia querer me denunciar.

Quando chegou a hora do almoço, Hiro trouxe pão e suco. Ele me disse que às vezes a mãe lhe trazia comida; outras vezes, era ele mesmo que ia comprar, vestido de mulher.

Depois de comermos, tirei um cigarro da bolsa. Ele disse que nunca tinha fumado. Ensinei como fazia, mas ele se sentiu mal e caiu para trás. Demorou para se levantar. Fui ver se ele estava bem, mas de repente ele me agarrou como se fosse lutar comigo. Achei que estivesse brincando, mas não estava.

Fiquei ali até anoitecer, aprendendo uma verdade inesperada, temível, sobre a vida. Mais que um aprendizado: foi uma experiência física.

Quando cheguei em casa, às sete, minha irmã já tinha voltado do trabalho.

— Que tarde você chegou.

Tentei subir em silêncio.

— Já comeu?

— Fui jantar na casa de uma amiga.

Fui para meu quarto e me joguei na cama, exausta.

A sociedade de hoje tem algo estranho. Um mundo em que mulheres vivem com mulheres?, Hiro dissera, quando eu estava me arrumando para voltar para casa.

Ele tinha sido meio bruto no início, mas depois ficou mais carinhoso. Disse-me para guardar segredo, mas isso ele não precisava sequer pedir. Depois disse que o que a gente tinha feito era "natural". Bom, natural podia até ser, mas também era assustador.

Debrucei-me sobre a escrivaninha e fiquei ali, meio abobada. Resolvi fumar mais um dos meus preciosos cigarros.

Minha irmã entrou sem avisar.

— Estou há horas batendo, por que você não responde? De onde você tirou esse cigarro? Ah, então a gatuna é você!

Demorei um pouco para responder.

— O que você quer? — perguntei, de cara amarrada.

— Vovó está te chamando.

Me levantei devagar.

O que minha avó queria comigo a uma hora dessas?

— Diz pra ela que estou me sentindo mal...

— Não, senhora! — retrucou minha irmã.

Por que será que ela estava tão determinada? Tinha tanta coisa nesta vida que ela ignorava completamente. Mas é isto: gente ignorante, gente que desconhece a terrível verdade da vida, é capaz de muito mais determinação. Tive a impressão de que os olhos dela faiscavam e resolvi ficar quieta.

— Mas o que você tem? Está toda mole.

— Não tenho nada.

Não tinha como ela descobrir o que eu tinha feito. Não tinha nem conhecimento nem experiência para saber disso. Ela com certeza ia morrer sem nunca passar por algo tão terrível e arrepiante. Sorte dela. Pensei que nunca poderia contar a ninguém a verdade absurda que descobrira naquela tarde.

Minha avó estava sentada em uma poltrona comendo doces. Estava com uma saia bem curta — tão curta que logo que entrei no quarto achei que ela estivesse sem.

— Estava arrumando o armário e achei esta saia que eu usava quando era nova. Ficou esquisito?

Fiz que não com a cabeça. Será que até minha avó tinha ficado maluca?

— Ai, eu acho que sim, acho que ficou esquisita.

— Não está estranho, não.

Ela permaneceu em silêncio por alguns segundos. Fiquei ali, de pé, olhando para meus chinelos.

— Infelizmente, eu não sou tão surda quanto você pensa. Hoje de manhã ouvi um passarinho estranho, e quando fui ver ele estava levando minha neta embora.

Será que ela sabe de tudo?, pensei, alarmada.

— Asako não, mas você é igualzinha a sua mãe. Mas acabou. A coisa se encerra por aqui. Seja como for, a essa altura aquele homem já não está mais lá.

Lembrei-me de uma coisa que Hiro dissera e senti lágrimas brotarem nos olhos: "Os humanos são animais que vivem em pares. E esses pares não são de mulheres com mulheres, e sim de homens com mulheres. Por exemplo, nós dois. Nós devemos viver juntos. Confiar um no outro. A minha mãe foi feliz com meu pai. E meu pai também foi feliz, é claro".

— O que foi que minha mãe fez?

Essa era uma pergunta que eu não podia fazer e que até então nunca fizera. Mas naquele momento senti que era algo relacionado ao que Hiro dissera.

— A mesma coisa que você fez. E foi assim que eu perdi minha filha. Naquela época, achei que tinha que deixá-la fazer o que quisesse, até cheguei a ajudar, mas desta vez vai ser diferente. Não vou deixar que isso aconteça com você, ainda mais na sua idade. Mas não precisa se preocupar. A essa altura, ele já deve estar preso na Zona de Isolamento. Sua irmã não sabe de nada, nem deve ficar sabendo.

Assenti com a cabeça.

— Bom, então vou te mostrar uma coisa legal. Abra o armário e me alcance uma caixa que está do lado direito. Hoje em dia não se pode nem mais ouvir música sem ser escondido, que inferno!

Ela fechou a janela e ligou o tocador de discos. Nunca imaginei que tivesse algo tão luxuoso.

Ficamos até às oito da noite ouvindo discos dos Rolling Stones, do Blues Project e dos Golden Cups.

— O que foi aquilo que aconteceu comigo? — perguntei, lembrando-me de tudo o que passara naquele dia.

Minha avó respondeu com cafonices:

— Foi um sonho de primavera. Mas agora acabou.

Ao voltar para o meu quarto, notei que a dor já tinha se dissipado quase por completo. Um mundo de mulheres com mulheres. Melhor assim. Mas como pude experimentar aquela terrível verdade, por certo voltaria a me lembrar de tudo o que tinha acontecido, várias vezes, enquanto vivesse. Ainda me lembraria do ocorrido daqui a dez, vinte anos. O pobre do Hiro, encerrado na Zona de Isolamento, tornado fraco e apático, talvez um dia esquecesse. Peguei meu diário. Não estava nem aí: tinha decidido registrar tudo o que me acontecera, toda a verdade.

E, no entanto, lá pelas tantas, larguei a caneta. Eu nunca seria feliz depois de ter descoberto aquela verdade. Era um crime pôr em dúvida o nosso modo de viver. Todo mundo — todo mundo mesmo — acredita nesta realidade, sem questionamentos. Apenas eu (ou talvez não apenas eu?) conhecia um segredo pesado, que estava fadada a passar o resto da vida escondendo.

Por enquanto, não tinha a intenção de me juntar a nenhuma resistência clandestina. Talvez algum dia. Senti um calafrio e mergulhei de novo no diário.

Algum dia... algum dia, talvez... algum dia, com certeza... alguma coisa acontecerá. Senti um novo calafrio e continuei escrevendo.

"*YOU MAY DREAM*"[1]
Tradução: Andrei Cunha

Espiei pela janela e nossos olhos se encontraram. [Ela][2] estava sentada de costas para a parede, me esperando. Devia ter ficado o tempo todo olhando a porta até eu chegar. Em vez de acenar, continuou me encarando com o olhar tenso.

    Entrei no café e me dirigi à mesa com um sorriso sem motivo.

    — Mas que cara é essa? Parece que passou goma no rosto e endureceu.

    Cada vez que me encontro com [ela], levo um pequeno susto de início. Está sempre um pouco menos horrorosa do que eu acho que vai estar. Deve ter uns sessenta e cinco quilos, e a cara, ainda que muito sem graça, não chega a ser medonha — só parece mais velha do que é porque tem a pele malcuidada. Não sei o motivo, mas sempre acho que [ela] vai ser

---

1. Título de uma canção de 1980 do grupo de rock japonês Sheena & The Rokkets. [N. T.]

2. Em japonês, essa personagem é referida pelo pronome *kanojo*, "ela", entre dois símbolos que são uma espécie de colchete: 〈彼女〉. Isso pode ser — dentre outras possibilidades — para dar destaque ao sujeito, ou subentender que o nome da personagem foi omitido. [N. T.]

feia — talvez porque não tenha nada de muito cativante ou atraente. Não é todo dia que se encontra alguém de aparência tão insignificante quanto a sua.

— Aconteceu alguma coisa?

— Então...

Como [ela] já tem uma cara macambúzia, não dava para saber se estava mais desanimada do que o normal. Mas acho que vislumbrei um brilho febril nos olhos inertes.

— Uma coisa bem grave... — disse [ela], brincando com o canudo entre os dedos.

— Sim, você me disse que era grave.

Chamei a atendente e pedi um café. [Ela] baixou o olhar. Ficou observando as próprias mãos, que, além de escuras, estavam inchadas e avermelhadas. Parecia não ter coragem de falar. Mas o silêncio não tinha impacto dramático algum. Comecei a me irritar com toda aquela obliquidade.

— Fala de uma vez.

— Não sei se devo... — Continuava contemplando as próprias mãos.

— Bom, então não fala.

O prólogo estava interminável.

— Mas é que...

Mas afinal, o que é que você tem para dizer, sua chata?

Comecei a roer as unhas. [Ela] não fazia por mal. Não era o tipo de pessoa que se divertia tirando os outros do sério. De um ponto de vista subjetivo, era uma pessoa de boa-fé. Mas eu nunca na vida desprezei tanto alguém. Acho que no fundo a gente era uma dupla ruim. Não que a nossa energia não batesse — pelo contrário, acho que batia bem demais.

Cheguei a pensar que [ela] fosse a personificação de meus complexos.

[Ela] ergueu lentamente a cabeça e indagou, canastrona:

— Nós somos amigas, amigas mesmo?

— Claro, ué — respondi sem pensar.

Para mim, conversa é ação e reação, bate-volta. Tenho mania de já ir dizendo o que o interlocutor quer ouvir. Sou craque nesse tipo de coisa. Mesmo sabendo que não devia agir assim, já me aceitei como desmiolada e inconsequente.

— Já faz dez anos que a gente se conhece... — disse [ela], como que para confirmar a informação.

— Sim, desde os tempos de colégio.

Se nós duas somos íntimas ou não, não sei dizer; mas o fato é que [ela] é minha única amiga. As minhas relações humanas sempre foram anormais. É por isso que fui (sou) obrigada a frequentar o Centro de Sucessos Médicos. Não consigo durar em nenhum emprego. Fico em casa, ajudando minha mãe. Ela trabalha com design e confecção de roupas para espetáculos, e chegou a ser bem famosa na área. Mas com a idade foi perdendo o tino para o negócio e as encomendas começaram a escassear.

Trouxeram meu café. [Ela] seguiu com os olhos grudentos a atendente se afastar. Depois mirou a rua por cinco segundos. O assunto parecia necessitar um preâmbulo psíquico para ser abordado. Pensei que só podia ser mais um pé na bunda que [ela] tinha levado. Bebi o café de um gole. Estava muito quente e me queimou a garganta. Trouxe um lenço à boca. [Ela] olhou cuidadosamente à sua volta e depois apertou um botão que tinha ao lado da mesa. Uma redoma transparente se ergueu e nos encapsulou. Assim, ninguém podia ouvir nossa conversa.

Daí, do nada, [ela] solta:

— O que você acha das políticas do Departamento Demográfico?

— E isso é coisa que se pergunte assim de supetão?

— Mas você não acha que...

— Eu não acho nem deixo de achar coisa nenhuma — rebati, cautelosa.

— Você nunca parou para pensar na questão da dignidade humana?

— Eu, hein... — Tentei cortar o assunto.

Mas [ela] não se deu por vencida. Baixou o rosto, ergueu o olhar e disse, baixinho:

— Eu acho inadmissível!

Nossa, não tô a fim de discutir assunto chato.

— Pois é... — Senti-me obrigada a comentar, sem me ater às consequências.

— Deveria haver protestos! A lei precisa ser revogada!

— Você acha?

Ao que tudo indicava, [ela] devia ter recebido a convocação. Nunca tinha falado em criogenia antes...

— Eu acho que os critérios não estão claros. Entende o que quero dizer?

Pode argumentar o quanto quiser, nada vai mudar.

— Mas não é por sorteio universal?

[Ela] balançou a cabeça, enfurecida. Tirou da bolsa um lenço — velho, mas cuidadosamente dobrado — e se pôs a secar os olhos com gestos comedidos. Eu não sou capaz de me mover assim, sou estabanada e exagerada. Nós somos muito diferentes.

— Claro que não! O alto escalão do governo com certeza tem dispensa!

Na verdade, [ela] nunca teve nenhum interesse em me perguntar o que eu achava sobre aquele assunto. Já tinha chegado ali com a opinião formada.

— Você não acha? É muito injusto! Não acha? — insistiu, com voz chorosa.

— Acho — limitei-me a responder.

Mas [ela] continuou a ignorar o que eu tinha a dizer. [Ela] perguntava e [ela] mesma respondia. Nossas conversas não eram um diálogo: eram dois monólogos concomitantes. Não havia estímulo recíproco. Não havia desenvolvimento.

— Aquele ministro que recebeu a convocação uns dias atrás, aquilo é tudo teatro. Para tranquilizar a população. Ou seja, o cidadão comum não está se conscientizando do que está ocorrendo. As pessoas são vítimas de uma visão distorcida da realidade. Do ponto de vista global...

[Ela] tem mania de usar um palavreado difícil, sem saber o que as palavras significam.

— Ah, tá. E você vai me fazer enxergar a realidade sem distorções, é isso?

Mas [ela] era insensível à ironia.

— Não, não foi isso que eu quis dizer — acrescentou, enrubescendo. — A Lei da Eutanásia, que já tem mais de século, nunca deveria ter sido aprovada.

[Ela] continuou falando de "lei da morte", "piedade e sentimento", "humanismo" e outras bobagens.

Quando [ela] fica assim, a única coisa a fazer é esperar o surto passar. E [ela] nem tinha abordado o assunto principal ainda! Resolvi ficar quietinha, só ouvindo. A ladainha se prolongou por mais duas horas. Quando essas coisas acontecem, tenho a impressão de que [ela] me usa como um penico.

Mas por que será que [ela] escolheu justo a mim para essa função? Justo eu, que sou incapaz de me colocar no lugar dos outros...

— Tá, e os seus pais já sabem?

— Pois é... Não tive coragem... Mas eles também receberam uma notificação, ao que parece... Não deve ser muito fácil ter filhos...

— É o que dizem.

Estava começando a me encher a paciência.

— Eles estão desesperados, sabe?

— Eu imagino!

Vamos, criatura, diz logo o que você tem para dizer!

— Não consegui ir lá falar com eles pessoalmente. Quem é que ia imaginar uma coisa dessas?

Falava de forma tão melodramática que me dava vontade de rir. Tentei consolá-la:

— Mas você não vai morrer nem nada.

Minhas palavras tiveram o efeito contrário ao desejado.

— Tanto faz se eu vou morrer ou não! Nunca ninguém foi descongelado...

— Ainda não, porque só faz trinta anos que começaram a congelar...

— O que me deixa mais louca da vida é que tem gente que se prontifica para ser congelada. Muitos jovens, ao que dizem. Eles não sabem de nada! Ignoram tudo!

— E você por acaso sabe de alguma coisa?

— Claro que não sei de tudo. Mas dá para entender muito, é só pensar um pouco. O crescimento demográfico fugiu ao controle, então precisavam arrumar uma solução. O governo coloca uma parte da população para "dormir". O que me assusta é a docilidade das pessoas. Estão todas anestesiadas. Não levam mais a vida a sério...

— Tá bom, tá bom...

Acho que a ofendi.

— Estou falando de um negócio sério aqui.

— Tá, então o que você quer que eu diga? Me diz o que você quer ouvir, que eu te falo.

— Também não precisa ficar debochando, né?

Ah, só agora você viu que estou debochando?

— Tá, eu não aguento mais, o que é que você tem pra me dizer?

— Tá, eu já vou dizer.

[Ela] levou a mão à testa. Eu já estava exausta, mas tentei trazer a conversa de volta ao que interessava.

— Você tem uma coisa pra me pedir.

— Tenho. Queria ser transferida para seus sonhos... Se você não se opuser...

O pedido se dissipou no ar, enquanto [ela] me mirava fixamente.

— Tudo bem.

— Tudo... bem?

— Tudo bem, ué. Por quê? Você preferia que eu recusasse?

— Nossa, é que você concordou muito rápido.

— Se você quiser, posso reconsiderar.

— Não, não é isso...

Eu sabia muito bem o que era. [Ela] queria que eu a olhasse nos olhos, tomasse as mãos dela nas minhas e fizesse um voto solene. [Ela] acreditava que as grandes verdades eram reveladas em momentos dramáticos. Estava frustrada por eu não ter encenado um clímax.

— É que normalmente as pessoas são transferidas para os sonhos de alguém da família ou do namorado, algo assim. Nada contra, mas...

— Tá, eu sei.

"Tá, eu sei" o quê?

Continuei:

— Você sabe que eu e você somos totalmente diferentes, não sabe? Personalidades antagônicas?

— Justamente. Pedi antes para meu pai e minha mãe. Só que eles me disseram que não são muito de sonhar...

— Sonhar, todo o mundo sonha. A questão é que muita gente não se lembra dos próprios sonhos. Se eu me concentro, consigo me lembrar de até quatro sonhos por noite...

— É... isso é verdade...

— Você não quer ser esquecida, é isso?

— É isso. Não quero. Esse é o motivo. De que adianta ser transferida se ninguém vai se lembrar de mim?

[Ela] sempre concordava logo com tudo que eu dizia. *Será que não se cansa?* Talvez [ela] fosse na onda dos outros por não ter pensamentos próprios.

— Eu sonho todas as noites. Chego a ficar exausta de tanto sonhar. Meus sonhos são muito vívidos.

— Foi por isso que pensei em pedir a você. Você entende como me sinto.

— É, pode ser...

— Devo ser congelada em no máximo cinquenta dias a contar da convocação. Antes disso, devo comparecer com a pessoa a quem serei transferida em um posto do Departamento Demográfico. Eles colocam um capacete na gente e...

— Eu sei, eu sei.

— Diz que não leva mais de dez minutos, incluindo o tempo de espera.

— Tem fila. Muitos voluntários.

— Diz que tem famílias inteiras que compareçem. Até entendo se é alguém com uma doença incurável e tal. Mas as pessoas dizem cada coisa! Ouvi um caso de uma mulher que ia se congelar porque queria que o filho fosse astronauta.

— Ué, mas até que faz sentido...

— Tem umas coisas que a gente não consegue sequer imaginar. O canal de TV do Departamento Demográfico mostra ilustrações maravilhosas da cidade do futuro. Um tempo futuro cheio de natureza e de prosperidade. Tem gente que compra esse discurso inteiro, sem questionar. Há uma concorrência enorme entre jovens que querem fazer parte da tripulação de aeronaves. O governo diz que é necessário primeiro construir um número suficiente de veículos. Que é preciso esperar. Isso não é criogenia, não. Isso é eutanásia...

— Tá, e quando você quer ir lá?

Ao ser chamada de volta à realidade, [ela] apertou o lenço entre as mãos.

— Pois é... que tal semana que vem? Deixo programado pra gente ir tomar um drinque depois...

Quanta cerimônia. Não precisa disso. É só aparecer em um posto e pronto, problema resolvido. Tem um monte de bar nos arredores.

Começou a me dar um cansaço de novo. *Eu não devia ter dito que aceitava. Nós somos muito diferentes uma da outra.*

Sou como a maioria das pessoas — nos dias de hoje, o melhor é viver sem se preocupar muito. Tentar não pensar demais. A maioria vive presa a uma falta de autonomia associada à resignação. Não existem convicções nem exigências. Não importa a gravidade dos acontecimentos, a compreensão disso nunca entra na nossa consciência — ou talvez não deixemos que nossa consciência seja penetrada pelos acontecimentos. Somos movidos apenas pelo humor do momento. Não há arrependimento nem autoavaliação.

O mundo se apresenta plano e indistinto diante de mim. Sem complicações nem certezas.

[Ela] não. Era séria e metódica. Não tinha gosto para nada, e nada do que fazia tinha encanto algum.

Em todos esses anos de amizade, [ela] nunca tinha sido capaz de me fazer sentir o coração bater mais rápido. Todo mundo precisa ter algo inesperado em si, um lado desconhecido. Uma inocência, uma pureza, uma crueldade — algo da criança que todos fomos.

O mundo dela era viscoso, desprovido de variação, estreito. [Ela] se agarrava ao passado, inexata, sensível, chorona.

Bom, tanto faz.

Não ia desfazer o trato. Daria muito trabalho. Eu tinha o péssimo hábito de me submeter às coisas para evitar incômodos.

E, fosse como fosse, essa alma teimosa e rígida só teria acesso à minha psique enquanto eu estivesse dormindo.

Para afugentar pensamentos desagradáveis, perguntei, com deliberada displicência:

— E se a gente fosse agora? Você tem algum compromisso?

— Vamos, vamos tomar um drinque.

— Mas, antes disso, vamos ao Departamento Demográfico.

— Tem certeza? Agora, já?

— Claro. Não tem nada que precise fazer com antecedência. Tem que estar sóbrio, só isso.

— Mas assim, de repente...

Mas o que se passa nessa cabecinha? O que será que esta criatura quer? Organizar uma cerimônia de transferência? Transformar o evento em uma data comemorativa?

— Pode fazer quando quiser, não?

— Poder, pode.

— Depois que decido uma coisa, não gosto de ficar enrolando.

Tirei um dinheiro da bolsa, mesmo sabendo que [ela] poderia se ofender.

— Não, não, deixa que eu pago — disse [ela], mas eu já tinha me levantado.

De repente, lembrei-me de algo.

— Falando nisso... e aquele seu namorado do ano passado? Ele toparia a transferência, não?

[Ela] meio que se engasgou e disse:

— Não quero falar disso. Também não quero saber o que você acha. Vamos mudar de assunto.

A voz dela tinha mudado, endurecido, como se estivesse me ameaçando. *Eu, hein. Nem disse nada de mais.* Com um suspiro, segui-a em direção à saída.

*

Ali estava eu, sob o céu azul, vasto e claro.

À minha frente, uma vereda branca serpenteava e desaparecia depois de um morro.

Ah! É primavera! E não tem ninguém aqui! Que delícia!

Fui caminhando sem pressa. Não fazia frio. Estava bem agradável. Eu não pensava em nada. Fui deixando para trás as cascas dos meus outros eus.

Em momentos como esse, sinto quase como se pudesse contemplar a eternidade.

Tem alguém atrás de mim. Apareceu sem avisar.

Senti os olhos, viscosos, que tentavam me puxar. Atrás de mim estava o passado ou um inimigo. Algo sem luz, sem explicação.

Tsc, tsc. Em um dia como este!

O ar nas minhas costas pesava. Senti em minha nuca o hálito morno de um bicho.

Fui puxada por um fio invisível e me virei.

Ali estava [ela].

Com uma cara de desocupada.

Por que tinha que surgir assim desse jeito? Podia aparecer na minha frente, ou de um lado, à distância.

» Que susto! Tinha me esquecido de você nesses quase dois meses...[3]

» Fui congelada ontem. Agora só minha consciência continua ativa.

---

3. Nas cenas que se passam no mundo dos sonhos, a autora utiliza um símbolo não convencional para fazer a pontuação dos diálogos. [N. T.]

Ah, então estou sonhando...

» E como você está?

» Sabe que bem? Mais leve.

» Ué, mas você continua gorda.

» Isso é como você me imagina.

» Será?

» Você é quem constrói tudo o que existe neste mundo. É tudo responsabilidade sua.

Nem bem chegou e já quer jogar a culpa toda nas minhas costas...

» Responsabilidade, é? Olha só, se não está gostando, pode ir embora, não estou nem aí.

» Eu não disse que não estava gostando.

» Pois fique à vontade. Faça o que quiser. Eu vivo neste mundo do jeito que bem entendo.

A luz do sol brilhava suave, como um manto invisível sobre meu corpo.

» Desculpe, não quis dizer isso. O clima está tão agradável. Feliz que pude ver você.

Parecia estar de bom humor.

» Eu também estou.

Não que fosse verdade que eu estivesse contente de vê-la, mas resolvi não criar caso.

» Mas você não acha que está muito seco?

» Seco? Nunca comparei meus sonhos com os de outras pessoas, então não sei.

» Nos meus sonhos, o ar é mais úmido, mais agradável.

» É mesmo?

» E aqui tem luz demais.

Então você não acabou de dizer que não tinha a intenção de criticar? O que você pretende com isso?

De repente, o tempo nublou, como muda a cor de um rosto.

» Nossa, o que houve?

» Ué, você não queria que mudasse?

Na verdade, a causa não era essa. O céu havia mudado porque eu tinha ficado de mau humor.

» Puxa! Que rápido! Chega a dar medo.

Pensei em dizer para [ela] cortar a onda de boazinha, mas achei melhor ficar quieta. *Isso já começou mal. Não quero nem ver no que vai dar.*

Nuvens escuras flutuavam baixas no céu. Moviam-se rápidas e medonhas, traçando curvas no espaço como dragões rugindo. Como será que [ela] reagiria se de repente surgisse uma fortaleza negra de pedra ao som de Wagner?

Perdi o ânimo de uma hora para outra.

Por que será? Isso acontecia quando [ela] estava por perto: eu perdia toda a energia.

O céu se acalmou e ficou embaçado, cinza-grafite. A luz difusa do sol suavizava a paisagem.

Perdi a vontade de passear. Resolvi me sentar na relva. [Ela] se ajoelhou ao meu lado, arrumando a saia.

Do outro lado do morro, algo branco e reluzente veio se aproximando.

» O que é aquilo lá?

» É um robô que eu via quando era pequena. Ficava no Centro de Sucessos Médicos. Isso há vinte anos. Por que será que apareceu aqui agora?

O robô se aproximava com esforço, movendo as rodinhas.

Uma luzinha piscava na cabeça. Era um modelo bem primitivo, daqueles que fazem a alegria das crianças. Seu som metálico lembrava o de uma guitarra distorcida, como se estivesse dizendo: "Olá! Vamos brincar?".

» Eu adorava esse robô quando era pequena. Era meu único amigo.

[Ela] que tinha me feito desenterrar essas memórias da infância. Até em sonho eu faço o que os outros querem. Estou sempre agradando os outros.

» Olha só! — disse [ela], enrubescendo.

Como você gosta de um drama. Intoxica-se com emoções baratas. É como uma ideologia para você.

» Não tem como negar. O amor vive no fundo do coração, ninguém esquece o que um dia amou.

Nossa, esses clichês sentimentais me tiram do sério.

Cutuquei o robô com o dedo. Ele imediatamente se desmanchou em mil pedaços. Era oco por dentro.

[Ela] tomou um susto com o desmantelamento. Ficou me olhando fixamente, com uma feição triste. Mas eu não estava nem aí para as recriminações dela.

» Você suportou tanto tempo no vácuo. Vivendo a dor de um amor que se foi.

» Você diz cada coisa absurda. Eu se dissesse um negócio cafona desses, mordia a língua em seguida e pedia pra morrer. Se você continuar dizendo coisas assim, a polícia deste mundo vai vir te pegar... — inventei.

» Como é que é?

» Claro! Você se enquadra na Lei de Contenção de Emoções. Se infringir a lei, você derrete e desaparece! Vira uma bolha gelatinosa, como se fosse de ágar-ágar, vai se desidratando aos pouquinhos, depois vem o vento e te leva.

» Peraí um pouquinho, você não acha que está indo longe demais? Acabei de chegar e você já quer que eu me enquadre? Não sei se consigo.

[Ela] tentou rir, mas só conseguiu esboçar uma careta, como um espasmo. Tentei pensar em algo espirituoso para comentar, mas nada me veio à cabeça. O mesmo de sempre. Mas também, de nada adiantaria — [ela] não entendia piadas.

Cansei de ser má.

Isso nunca tinha acontecido antes. Sempre gostei de debochar dos outros, passar trotes, fazer pegadinhas. Sempre me diverti fazendo essas coisas.

Mas com [ela] ali presente, o meu mundo mudara um pouco. Estava amolecendo, enfraquecendo.

[Ela] representava, no meu mundo, o bem e a virtude. Mesmo antes, no mundo da vigília, [ela] meio que já era isso para mim. [Ela] sempre dizia coisas do tipo: "assim não pode", "temos que fazer isso", "aquilo é imperdoável" etc.

No entanto, o poder dela ali não era ilimitado. Se eu resistisse, [ela] cedia. Depois ficava enchendo a paciência e reclamando, mas eu não dava a mínima.

Talvez essa criatura esteja se adequando ao meu inconsciente imaturo, como uma sombra.

Se isso fosse verdade, eu também devia ser, para [ela], como uma sombra. Juntas, formávamos um todo. O que faltava em uma de nós, a outra tinha de sobra.

Senti um grito querendo sair da garganta. Minha energia estava se esvaindo. Me sentei na relva. *Eu sou simples demais.*

[Ela] veio se sentar ao meu lado, como uma noiva.

Minha relação com [ela] tinha esta configuração: [ela] cuidando de mim, atenciosa. Quando viajávamos juntas, ao chegarmos ao hotel, [ela] me fazia um chá, passava um pano na mesa, guardava minhas roupas no armário... Eu reclamava, mas deixava que [ela] fizesse isso por mim.

» E agora, o que você vai fazer?

» Sei lá — respondi, como quem não está nem aí.

» Estou com medo.

» Não adianta nada ter medo.

O que mais eu poderia dizer?

» Está escurecendo aos poucos.

» Parece que sim.

Essa criatura está me dando nos nervos.

» É o sol se pondo?

» Não.

» Então, o que é?

» É o fim do ciclo REM.

» E o que vai ser de mim?

» Você vai desaparecer.

» Mas eu não quero!

» Pode não querer à vontade, vai sumir do mesmo jeito, quando meu sonho acabar.

» Então, tá. Até a próxima.

Até a próxima? Para todo o sempre? Abri a boca, alarmada.

Meu corpo todo reverberou com uma música alta — *zuncha-cha zuncha*, um ritmo horrível. Acordei.

A nitidez do sonho, uma ilusão que cravava as unhas em

meu peito, começou a se desfazer. Foi perdendo a cor como um filme desbotado e desvaneceu na escuridão.

Respirei fundo.

No mundo da luz do dia, eu me dedico totalmente ao superficial. Idolatro o cúmulo do vazio. Essa adoração se infiltra também em meus sonhos — meu inconsciente. É como uma capa de plástico grossa. Foi assim que me construí. Levou anos. Um ato sádico de individuação.

Com a chegada dessa sombra, o equilíbrio se deteriorou. [Ela] trouxe consigo a umidade, o lamaçal. "Prefiro eu me satisfazer a mim mesma", repito *ad nauseam*. O que [ela] queria comigo? Eu sabia muito bem o que [ela] queria comigo. Tudo o que [ela] fazia se baseava em emoções que, no contexto da mente, eram tão racionais quanto a lógica mais rígida. Eu podia passar as emoções dela por uma calculadora e consultar os resultados que a máquina expelisse. Se [ela] tentasse reprimi-las, as emoções voltariam como um tigre montado em um cavalo. Era como o princípio da conservação da energia.

[Ela] só conseguia agir desse jeito porque não tinha superego. Não tinha autocontrole. Não tinha vergonha.

Que horror, eu não vou aguentar passar por isso todas as manhãs. Argh.

O sonho demorou para se dissipar totalmente, bafejando em mim um hálito de animal selvagem. Meus sonhos até então tinham sido tão impiedosos, tão iluminados, tão secos!

Na noite anterior, eu havia posto o fone corporal para dormir. Ia tirar o aparelho quando ecoou o som estridente e desavergonhado de uma guitarra. Tive quase uma convulsão com aquele barulho horrível. Minha perna teve um espasmo, erguendo-se sob o cobertor.

Dei uma risada. Queria poder ver o que se passa na cabeça de alguém que programa uma música dessas. Talvez isso deixasse a vida mais divertida.

Fui para a cozinha passar o café com o fone ligado. Movendo meu corpo ao ritmo da música ridícula, coloquei o filtro de papel na máquina. O café é muito mais gostoso passado à moda antiga.

Peguei a caneca com as duas mãos e fui ao quarto de minha mãe, que já estava acordada. Estava olhando o teto, distraída.

— Está fazendo aquela cara de novo — eu ri ao lhe entregar o café.

— Não tem jeito. Quando a gente fica velha... a gente acorda e precisa ficar assim um minuto... suspirando diante da injustiça deste mundo cruel.

— É o tempo, não?

— Sim. O tempo. O tempo é meu todo. O tempo é vazio. Não que isso seja necessariamente ruim. O que é ruim é que não seja ruim. Sabe?

— Sei, sim. Eu mesma já estou quase na meia-idade...

— Não diga uma coisa dessas.

— A meia-idade começa aos vinte e cinco. Não me importo de olhar para trás, mas é chato quando a gente olha para trás e daí olha para a frente e enxerga a si mesma olhando para trás.

— Eu sei lá do que você está falando. Alguém telefonou há pouco. Não liguei a câmera, porque tinha acabado de acordar. Era um homem bem baixinho. Credo, a gente acorda e a primeira coisa que vê é um homúnculo, é muito irritante.

— Você também é bem baixinha, não vejo o porquê da irritação. E o que ele queria?

— Queria saber se aquela sua amiga havia sido congelada. Eu disse que não sabia.

— Já sei quem é. Ele foi namorado dela. O tanto que eu debochei deles... Até que combinavam. Aquela lá tinha um gosto estranho pra homem! Pensando bem, talvez nem seja assim tão ruim. Mas se fosse pra sair com um esquisitão daqueles, eu preferia namorar um cachorro, que saía no lucro.

— Você não está falando sério. Nunca sei quando você está falando sério — minha mãe disse, rindo.

Eu me sentei no chão.

— Mas é claro! Eu tenho a triste mania de não conseguir falar sério com ninguém. Claro que não ia dizer isso de alguém. Estava fazendo uma piadinha. Não foi com má intenção.

— Acho que ele vai ligar de novo mais tarde.

Minha mãe vestiu o roupão e se pôs a procurar as pantufas.

— E o que será que ele quer comigo? De uma hora pra outra resolveu se preocupar com ela?

— Deve custar uma grana manter toda essa gente congelada. Será que o Departamento Demográfico faz dinheiro com a operação?

— Dizem eles que sim. Que desenvolveram um método inovador e tal.

— É o que eles dizem.

— Sim. Eu acho que está todo o mundo morto. Vem um médico lá do Departamento, mostra aquele monte de gráficos e diz que estão vivos e tal. Mas só vão saber lá adiante, quando todos forem descongelados...

— Você parece cansada.

Não respondi. Fiquei puxando um fio solto do tapete. Aquele robô do Centro Médico que eu tanto amara... eu o matei. [Ela] me trouxe de volta essa memória. Não sentia remorso nenhum pela morte dele — e essa ausência de remorso, por sua vez, me dava uma tristeza gélida. Meu cansaço vinha dos sonhos que tinha à noite. Das recriminações que [ela] me fazia. Acho que [ela] tinha horror a mim. Estava louca para atuar em uma tragédia clássica.

— Você tem que ir trabalhar hoje? — perguntei, manhosa.

— Tenho, claro. Não posso deixar de ir.

— Puxa... bem que você podia ficar. Eu queria ser uma velhinha e passar o dia todo dormindo. E se você não fosse trabalhar e a gente fizesse uma maratona de sono?

— De uns tempos para cá, você só quer saber de dormir...

— Por mais que eu durma, estou sempre cansada. Quando acordo, estou exausta. Daí vou dormir cedo. E daí eu sonho. E quando eu sonho, me canso...

— Tenho a impressão de que você não suporta essa sua amiga.

— Não, não é verdade.

Minha mãe largou a caneca na mesa de cabeceira e se pôs a pensar.

— Você falou disso com o médico do Centro?

— Eu conto tudo a ele. Mas de uns tempos pra cá tudo me parece tão idiota. A troco de quê tenho que ir lá e ficar revirando tudo o que penso, tudo o que sinto, para esse cara ouvir? Se for parar para pensar, o que é que esse cara tem a ver comigo?

No início, eu gostava dele. Era tipo uma figura paterna. No fim, eu me dei conta de que ele era incapaz de fazer qualquer coisa por mim. Não me ajudava em nada. Por um tempo, senti que ele cumpria uma função em minha vida. Mas chegou uma hora em que parei de precisar dele. O que será que ia acontecer comigo? Estava sempre achando algo novo a que me apegar, e se me apegava a algo, logo me afastava...

Talvez (talvez) seja isso que a Keiko achava perigoso em mim. Tinha medo de mim.

— Você está se sentindo mal?

Minha mãe está preocupada com a filhinha. Coitada dela. Mesmo sabendo que qualquer dia desses não estarei mais aqui...

— Parece até que a sua cabeça está cheia de serragem. Aquela serragem que se mistura com cola pra fazer bonecos. É como se você fosse uma daquelas bonecas de serragem.

Estava pior ainda do que quando acordara. A música também não estava mais ajudando. Desliguei o pingente, e a música, que só eu ouvia, se extinguiu.

— Será que tem um jeito de não sonhar quando a gente dorme?

— Tem. Mas se você para de sonhar chega uma hora que enlouquece. Os esquizofrênicos não precisam do ciclo REM. Afinal, eles sonham de olhos abertos, à luz do dia — disse minha mãe, franzindo a testa.

— Vamos comer? — desconversei.

— Menina, você só quer saber de comer e dormir. Você está doente? — perguntou ela, dirigindo-se à cozinha.

— Isso é falta de homem — tentei fazer uma piadinha.

Ela não pareceu achar engraçado. Eu me levantei, meio zonza, e me dirigi à mesa da cozinha.

— Ué, mas e aquele namoradinho?

— Me enchi dele.

— Aconteceu alguma coisa?

— Não se faça de louca. Eu me enchi dele justamente porque nada aconteceu. Ele era muito perfeito. Não tinha nada de errado. Daí não quis mais brincar. Virei minimalista.

— Era só o que me faltava! — Dessa vez, dava para ver pelo movimento das costas que ela estava rindo.

Desde que a Keiko começou a aparecer em meus sonhos, eu só quero saber de dormir e de comer. Será que eu quero morrer? Não, não é para tanto.

Tocou o telefone.

Fui para a frente da tela e apertei o botão. Até isso me custou algum esforço. Era o médico do Centro.

— Bom dia! — disse ele, inclinando a cabeça meio sem graça, como se não quisesse incomodar.

Retribuí a saudação.

— Já faz algum tempo que você não vem à clínica... Aconteceu alguma coisa? Quer interromper o tratamento?

— É que... — Senti-me criança de novo. — Não adianta nada ir aí...

— Não diz besteira, menina! — xingou minha mãe.

— Por que você acha isso? — perguntou o médico, piscando muito.

— Mesmo supondo que eu esteja doente, não preciso me curar de nada.

— Mas você não está doente.

— Não interessa! Já deu! O que eu quero dizer é que está bom assim, do jeito que está.

Quando, na verdade, não está nada bom assim...

— Tem certeza?

O médico baixou um pouco o olhar e depois voltou a me encarar.

— Se você mudar de ideia, pode vir quando quiser. E o trabalho?

— Não ando fazendo nada...

— Que tal dar um pulinho aqui na sexta que vem, de manhã? Se você for a algum lugar, passa aqui no caminho...

Também não precisa ficar cheio de dedos, né? Mas o que será que eu tenho hoje? Estou com pena das pessoas...

— Pode deixar que eu vou — murmurei, constrangida.

— Então te aguardo! E se cuida, viu?

A tela se apagou, como um sonho que desvanece.

Minha mãe começou a arrumar a mesa. Passado um tempo em silêncio, ela disse:

— Foi depois da transferência, né? Que você anda sempre nesse desânimo... Fico meio assim de dizer isso, mas será que não dá pra pedir que apaguem essa mulher da sua cabeça?

— Dá, sim. É só ir lá que apagam na hora.

— E por que você não faz isso?

— No momento, digamos que estou em observação. Vamos ver se acontece alguma coisa. Acho que as aparições dela vão acabar gerando um incidente...

— Tudo pra você é uma brincadeira. Um dia a casa cai.

— É, pode ser que sim.

Comecei a me entupir de comida.

— Se bem que, pelo que você fala, a sua amiga não é má pessoa.

— Sim, isso dificulta a situação. Estou fissurada nisso. Sinto repulsa, mas ao mesmo tempo é como se fosse um jogo, um duelo pra saber qual das duas é mais forte. De um lado, como é minha cabeça, acho que é meio injusto com ela; mas, por outro, mesmo sendo meu sonho, as coisas nunca acontecem como eu quero, então fica equilibrado.

— Em vez de procurar trabalho, por que você não volta a patinar?

— Meu namorado vivia dizendo isso.

— Ele telefona o tempo todo.

— Tadinho do Maabô. Parecia um cachorrinho. Todo contente e de bem com a vida, simplório. Um tempo atrás, eu estava com ele no parque e era noite de lua cheia. De repente ele se sentou no chão e começou a uivar para a lua. Que amor!

A lembrança me fez sorrir. Era verdade, eu gostava dele, mas a memória para mim já não tinha realidade alguma. Era como se eu o estivesse observando de cima, de muito longe.

— E por que você não liga pra ele? Ele não é lá essas coisas, mas é tão bonzinho. Bem melhor que muito homem por aí. Além do que, ele é alto...

Me engasguei com a sopa. Quando o assunto é homem, se for magro e alto, para minha mãe já é meio caminho andado. Primeiro a aparência, depois a inteligência. Eu já acho que o mais importante é se o cara presta atenção no que eu digo. Claro que no caso do Maabô eu não pensava assim. Nunca esperei que ele me entendesse. Estava sempre tentando pregar alguma peça nele. Estranho dizer que eu pregava peças.

Quando estávamos juntos, só queria me divertir. Mas cada vez sinto menos vontade de estar com ele.

Eu já tinha comido e me vestido quando Maabô ligou.

— Oi! Tudo bom? — disse ele, com a alegria de sempre.

— Tudo. Quer me ver? — respondi, ligando a câmera.

Desabotoei a blusa para ele ver que eu estava com o sutiã sexy que ele tinha me dado de presente. Cada presente que ele me dava, vou te contar!

— Para, esconde isso! Tô com meu parceiro aqui...

Abotoei a blusa.

— Tá, e por que vocês não estão no colégio?

— Matamos aula. Recebeu as fitas?

— Recebi. Bem legal. A que eu gostei mais é uma só com música sinistra, uns negócios de deixar os nervos do avesso.

— Ah, essa daí. Dá pra ouvir mil vezes e pirar o cabeção.

— De derreter o cérebro!

Por favor, Maabô, fique assim para sempre, divertido e alegre. Nunca seja sério, nunca fique triste. Eu ficaria tão feliz de saber que você viveu sua vida inteira assim. Alegre e longe de mim...

— Isso daí é o que chamam de arte conceitual, tá ligado? Não dá pra entender o que eles querem passar com a música. O que será que eles estavam pensando quando compuseram esse negócio?

Maabô era sempre o mesmo: deslizava pelas superfícies. Gostava de muitas coisas diferentes, mas não se aprofundava em nenhuma. Era nessa superficialidade que residia o valor dele; mas essa mesma superficialidade levava minha mãe a achar que ele era muito galinha.

— Hoje eu não posso sair...

Pensei em explicar por quê, mas já me irritei só de pensar.

— Por quê?

— Coisas de adulto.

— A gente só tem dois anos de diferença, sua "velha".

— Você é muito criança. Por isso eu gosto de você.

Isso era verdade. Eu ri. Gostava mesmo dele pela infantilidade. Mas sentia cada vez mais a distância que nos separava. Uma distância confortável....

— Agora à tarde vou estar na casa do meu parça aqui. — Ele puxou o amigo para a frente da tela — Sabe onde é, certo? Vai lá nos ver, tá bom?

Ele tinha um jeito engraçado de falar. Às vezes, era grosseiro; em seguida, carinhoso. Acabei concordando em ir.

Acho que estou dentro de um prédio gigantesco. Estou de pé em um corredor mal iluminado, vestindo um roupão, de pés descalços.

No corredor, há muitas portas. Há uma fresta entre as portas e o chão, pois atrás de cada porta há uma ducha.

Meus pés chapinham. Não sei para onde estou indo. Acho que estou procurando a saída. Vou abrindo as portas uma a uma. Não tem ninguém. Dobrei uma esquina e havia um corredor igual ao primeiro. Não se ouvia um som sequer. Estava frio e úmido.

Lembrei-me [dela]. [Ela] devia estar por perto.

Vou abrindo e fechando as portas, sem entusiasmo. Eram todas duchas. Que monte de duchas! Muito estranho.

Nisso, [ela] surgiu da escuridão indefinida. Vestia o macacão de sempre. Estava sempre com a mesma roupa quando a via. Acho que é porque quando eu a via no mundo real, ainda que [ela] não estivesse sempre com a mesma roupa, era sempre o mesmo tipo. Umas roupas sem graça, de cores neutras, cinza, marrom.

» Estava te procurando — esbaforiu-se.

Por que está nervosa desse jeito?

» Não consegue ficar sozinha, é?

Não que [ela] não tivesse razão.

» Sou uma pessoa introvertida e, por consequência, preciso da companhia de meus semelhantes.

Ah, tá. [Ela] tinha essa mania de inventar explicação para tudo. (Tinha.) Mas no meio das palavras despretensiosas, havia um vislumbre de outra coisa.

Estava sempre com uma maquiagem antiquada, as pálpebras azuis e os lábios vermelhos. As cores gritavam no rosto sem luz. Aquilo não a favorecia em nada.

Acho que [ela] teve um namorado que dizia que [ela] não tinha nenhum gosto para se vestir nem para se maquiar. Me lembro de um dia ter retrucado que a falta de gosto era com tudo, não só com roupa e maquiagem. Nisso, lembrei que tinha algo para lhe contar.

» Seu namorado ligou hoje de manhã.

» E o que ele queria?

O rosto dela se iluminou.

» Não sei, foi minha mãe que atendeu.

Tadinha.

» Não ligou de novo depois?

» Não...

Não queria ter dito aquilo. Parece que tenho uma víbora morando no peito. Antes, eu não tinha isso. Meu peito era oco e límpido.

» O que será que ele quer?

Mas como se faz de sonsa. Você sabe muito bem o que ele quer. Ou talvez seja eu que sei o que ele quer? Agora fiquei com medo.

» Ele queria tirar uma dúvida.

» Como assim?

[Ela] pousou os olhos em mim como se me desafiasse. Acho que [ela] me odiava. É por isso que continuava aparecendo em meus sonhos desse jeito. Estava sempre com esta pergunta na boca: "Como assim?".

» Se você tinha mesmo sido congelada.

» Acho melhor você se explicar — rebateu [ela], erguendo os ombros.

Bem que [ela] podia parar de insistir com essas cenas! Eu disse o que disse para assustá-la (*será que foi mesmo para assustá-la?*), mas [ela] também já não tinha mais nenhuma dignidade — justo [ela], que sempre disse que o mais importante era a dignidade.

» Você quer mesmo que eu diga? Então, tá. Ele está com medo de que você volte pra persegui-lo. Que você apareça com uma faca pra atacá-lo.

» Eu jamais faria uma coisa dessas! — disse [ela] com a voz trêmula.

» Mas ele tem razão de ter medo. Quando o namoro começou a desandar, toda hora você vinha falar comigo e caía na choradeira. E vocês saíram juntos quantas vezes? Cinco? Seis, no máximo. E aposto que você já saiu dizendo pra ele: "eu te amo, do fundo do coração".

Essa última parte é verdade, o namorado me contou que [ela] lhe dissera isso. [Ela] se deixava tomar pela obsessão.

Nada de dramático tinha acontecido na vida dela até [ela] arranjar aquele namorado. Então teve que criar um drama em torno dele. Isso a incomodava, essa falta de dramaticidade na vida.

» Cale essa sua boca — ameaçou, com fúria assassina.

Ficamos as duas ali paradas, sem saber o que fazer.

Ouvia-se de algum lugar o som indistinto de algo borbulhando — um ar-condicionado ou um aquecedor, talvez. Tirando esse som, nada indicava que houvesse outra pessoa no prédio.

[Ela] sempre gostou de fofocar sobre o namoro dos outros. "Hum, aqueles dois lá andam todos esquisitos. Ali tem coisa" — vinha dizer, toda animada. Tinha uma paixão doentia por atrizes famosas. Ainda se fosse por atores... Imaginava-se no lugar das atrizes e ficava horas falando como se fosse uma delas.

Não se contentava com a própria vida. Não, não é bem isso. [Ela] meio que odiava o próprio passado, mas era incapaz de se livrar dele. Ficava remoendo a infelicidade de nunca ter feito nada, de nunca nada de instigante ter-lhe acontecido.

[Ela] queria abandonar o próprio corpo e entrar em outro, em outra vida mais interessante, mais cheia de luz. Nunca lhe ocorreu que, se tivesse renunciado àquela vida de fantasias, poderia ter vivido algo real.

Queria esquecer, nem que fosse por um instante, sua existência sem graça. Sempre teve necessidade de viver a vida dos outros.

» Pare com isso! Você já nasceu solteirona, é? — exclamei, sem pensar.

No mundo dos sonhos eu tenho ainda menos autocontrole do que no mundo da luz do dia.

[Ela] me encarou, o suficiente para eu compreender o ressentimento que tinha por mim.

» Você sabe muito bem que sempre teve uma forte influência na minha vida.

» Eu, hein? Não sabia, não. Fiquei sabendo agora.

Eu sei que não devia debochar, mas não me contive.

» Teve uma época em que fui obcecada por você — acrescentou, com uma voz pegajosa.

» Nossa, é mesmo? Nem desconfiava.

Não consegui disfarçar o desprezo e o sarcasmo.

» É por isso que a gente tem que dar um fim nesse assunto.

» Que assunto?

» Os meus sentimentos. Você me deve alguma satisfação.

Fiquei com medo ao ouvir isso. Voltei a sentir o mau agouro pairar no sonho, como uma ameaça.

» O que você acha que tem do lado de fora deste prédio?

» Como é que eu vou saber? Este é o seu mundo.

» Acho que isto aqui é um abrigo nuclear e que a humanidade foi extinta.

[Ela] ergueu os ombros em um calafrio.

» Bem que você podia não ir decidindo tudo da sua cabeça. Eu também vivo aqui, tenho direito a dar minha opinião sobre as configurações.

Fui andando sem responder. [Ela] veio atrás. Os corredores formavam um labirinto. Decidi tentar me afastar do centro do prédio. Pensei que era uma pena que a gente não tivesse um novelo de fio ou um pedaço de giz.

Fui andando sem parar e sem saber se me aproximava da saída. Portas sempre iguais se enfileiravam sob a mesma luz.

» Você parece estar bem confusa...

Isso foi ironia?

» Pois é, não imaginei que este lugar pudesse ser tão complicado e cheio de coisa.

A cor das paredes começou a mudar. A textura agora era de terra batida, farelenta. Talvez estivéssemos mais perto da saída. Talvez este labirinto existisse há séculos, exposto ao desgaste das intempéries.

» Aqui parece que está se desmanchando — eu disse, e chutei a parede.

Como estava descalça, meu chute não foi muito eficaz.

» Para com isso! O que você está fazendo?

» Ué, a gente não quer sair daqui? Achei que você detestasse este lugar.

» Tá, mas é perigoso!

» Você tem medo de tudo!

Me joguei contra a parede, que ruiu. [Ela] deu um gritinho.

O cômodo do outro lado não tinha ducha. Era feito de lodo e estava completamente vazio. Tinha uma janela. Na rua, o céu era meio azulado, como se fosse a aurora. Estávamos na parte mais externa da construção.

Em um canto havia um aglomerado de gente tão suja que não dava para saber se eram homens ou mulheres. Magros, famélicos, imundos, vestidos com farrapos, pareciam ratos roendo alguma coisa. Não pareciam humanos.

[Ela] me cutucou repetidas vezes. Acho que estava tentando me dizer para não me aproximar daqueles seres. Decidi falar com eles. Mas as respostas eram indistintas. Depois de muito perguntar consegui entender que lá fora havia ocorrido alguma catástrofe terrível. "Os sobreviventes estão em um lugar bem longe daqui. Sabemos porque temos poderes telepáticos", explicaram.

» Vamos lá ver?

» Mas você não sabe o que aconteceu lá fora, se a atmosfera é radioativa, ou se há chuva ácida... Nada garante que seja a Terra lá fora, aliás...

Isso era verdade.

» Tem uma fresta na janela. Então, parece que ao menos o ar é respirável.

Caminhei na direção contrária. O prédio ficava dentro de um morro. Os corredores eram como cavernas ou túneis subterrâneos.

Andei cautelosa em direção à luz branca fria. Do lado de fora da caverna, havia uma tempestade. Em seguida, o mar. Árvores escuras, talvez coqueiros, eram fustigadas pelo vento. Havia uma trilha de terra que em partes desaparecera. Podia-se ver que estávamos na ponta de uma enseada.

» Tem gente lá do outro lado, tá sabendo? Eu queria ir lá, mas acho que não vai rolar.

Quanto mais falava com [ela], mais masculino ia ficando o meu jeito de falar. Isso não acontecia quando a gente brigava, só quando [ela] ficava dependente de mim.

» Será que o mundo acabou? — indagou, com voz trêmula.

Não precisa ficar apavorada assim. Também estou com medo.

» Não sei.

» Por que você fez isso? Por que acabou com o mundo?

» Nem todas as espécies se extinguiram...

» Aquilo lá não era gente! Você acha que foi uma guerra nuclear?

» Claro que não. Acho que estamos em um mundo em outra dimensão.

» Tá, então o que foi que aconteceu?

Não conseguia responder. Estava travada. As dúvidas se espalhavam dentro de mim como uma mancha de tinta, e eu temia que se as pusesse em palavras, elas se tornariam realidade.

A luz era como aquela que anuncia o amanhecer. A luz continuaria assim, para sempre...

Estávamos no topo do morro. A toda a volta, só se via terra vermelha. Era um planeta tão pequeno que era possível distinguir a olho nu a curva do horizonte.

[Ela] ficou um tempo sem conseguir falar. Tempo demais.

O céu era rígido como uma redoma. Uma luz metálica e azul inundava a cúpula. Bem no centro, pendia um sol amarelo-queijo, como um olho implacável a odiar os seres da superfície.

» Que lugar horrível — reclamou [ela], por fim.

Os raios eram como agulhas. Não transmitiam calor, mas era como se a luz doesse. Nada ali projetava sombra.

» Bem que podia ter gente aqui.

» Mesmo que tivesse, acho que não ia adiantar nada.

» Seria bom do mesmo jeito.

O desejo dela se cumpriu — talvez. Ao me virar, avistei um aglomerado de cinquenta ou sessenta pessoas. Pareciam formigas rastejando em círculos pelo chão. Por que se moviam daquele jeito? Era como se cumprissem trabalhos forçados.

De algum lugar se ouviu o som de uma sirene anunciando uma catástrofe.

» Que horror esse lugar, todo vazio.

» Eu me lembro de ter ido certa vez a uma cidade que tinha uma luz parecida com esta, mas era uma cidade. Lá pelas tantas vi que os prédios eram todos como um cenário de *kabuki*, pintados em madeira compensada. O céu era de um roxo sinistro. As ruas estavam congestionadas com carros e com gente.

» E você gosta desse tipo de mundo?

» Não detesto.

» Mas por quê? Por quê, hein? Eu não entendo.

» Também não sei explicar.

» Um lugar assim tem o quê de bom?

» É limpo. Esta luz incinera tudo.

» Você quer que a humanidade seja extinta!

» Lá vem você de novo com esse papinho. Eu não quero nada.

» Seus mundos nunca têm uma escola, uns amigos, seres vivos decentes? Você detesta a vida?

» Eu adoro a vida, porra.

Enquanto respondia, tentava entender por que essa mulher estava me transformando em um homem. Talvez porque [ela] fosse esse amontoado de "coisas de mulher". [Ela] desempenhava um papel feminino demais (de acordo com aquilo que se considera em geral feminino), e isso me tornava cada vez mais masculina. E se aparecesse agora um homem? Eu ia ficar mais feminina?

Mas eu não queria que aparecessem nem o Maabô, nem o meu médico, nem homem nenhum. Ali não me faltava nada.

Eu sou um andrógino? Hermafrodita? Não sou nem homem, nem mulher, não preciso de gênero, só quero ir adiante, para bem longe, sozinhe.

Não desejo o fim do mundo nem a extinção da humanidade. Quero que todo mundo viva e seja feliz. Foi por isso que vim para cá, para outra galáxia, outro planeta, outro espaço-tempo.

» Você odeia este lugar, né? — comiserei-me.

» Odeio, odeio, odeio.

Ainda está brava comigo. Coitada. Ainda não conseguiu digerir a situação. Aqui, neste lugar, você é apenas uma sombra.

» Não sei direito por que acabou ficando assim. As parada começaram a mudar depois que tu chegou.

» Ah, então é tudo culpa minha?

» Não foi isso que eu disse. Mas tu podia ficar menos pistola com as coisas, garota. Se importar menos.

» Ah, tá que você não se importa! Duvido. Você sempre tem opinião sobre tudo. Opinião sobre as coisas, sobre as pessoas...

» Claro que eu tenho, ué. Pra mim não existe meio-termo, é tudo preto no branco. Quando não vou com a cara do magrão, curto tirar sarro. Deixar o cara tiririca. Mas pra mim, no fundo, tanto faz. Curto mais as parada porque, na real, não tô nem aí.

» Ao mesmo tempo?

» Ao mesmo tempo, tá ligada?

» E quando você começou a pensar assim?

» Desde pequeno. Sempre tive pavio curto. Malvadão. No fundo, quando fico injuriado, meio que não precisava ter ficado bravo, sabe? Mas como também é chato não se emputecer com nada, de vez em quando fico puto, só pela curtição.

» Isso é anormal. Você sempre se comporta desse jeito?

» Acho que sim. Pra mim, isso é normal. Tudo é fingimento, tudo é de verdade, tanto faz, no fim. Posso ter atitudes bem diferentes, tá ligada, mas no fundo é sempre fachada.

» Mas onde foi parar o coração que você tinha ao nascer? Você o suprimiu? O seu eu autêntico, quero dizer.

» Mas esse é o meu eu autêntico, porra!

» Sinto pena de você. Que você só consiga viver assim.

» Tô cagando.

A luz continuava cortante. Talvez o sol desse planeta fosse uma lâmpada fortíssima. Afinal, ele não se movia. *Se o sol não se move... o que acontece com o tempo? O tempo para de passar, também?*

» Você está em surto.

» Estou mesmo. Pra mim tanto faz.

Uma linha surgiu no firmamento, como se alguém do lado de fora da redoma a estivesse cortando com uma navalha. A linha fina e negra foi subindo pelo céu.

» O que foi que você inventou agora?

» Vou ficar te devendo.

Você quer que tudo tenha uma motivação! Não sossega enquanto não explica as coisas.

A navalha invisível atingiu o sol e o cortou como uma gema de ovo.

» Não quero mais este mundo! — exclamou [ela], trêmula.

Eu já a tinha visto em estado semelhante antes. Uma tarde (no mundo da luz do dia), fui me encontrar com [ela] na casa dela. A gente estava conversando, quando de repente [ela] teve um ataque de alguma coisa, e o corpo dela começou a chacoalhar. As convulsões deviam ter uns cinco centímetros de amplitude.

Não era um tique, um cacoete, era muito mais grave. Pensei em dizer algo, mas [ela] continuou falando como se nada estivesse acontecendo, então resolvi me calar.

Mas teve mais um motivo para o meu silêncio.

É que eu estava morrendo de medo. Morrendo de medo de que [ela] não estivesse se dando conta daquilo. Tive medo daquela mulher que se tremia toda falando de suas atrizes preferidas.

Naquela hora pensei que, se um dia [ela] ficasse louca, derreteria e viraria uma poça de gosma no chão, sem sequer se dar conta. Nossas loucuras eram de tipos bastante diferentes. Eu enlouqueci conscientemente, fiquei assim porque quis, e me lancei neste mundo onde estou agora.

» Faz o que você quiser.

Me enchi de ficar falando. Olhei para o céu. A redoma soberba e rígida fora cortada em duas. E quando o zênite se abrisse, lentamente, lá fora... O vácuo escuro, vazio, tenebroso... Se eu fosse até lá, talvez o tempo...

Recebi minha convocação.

Quem disse que eu deveria escolher? Eu não queria escolher nada.

Larguei o papel na mesa e segurei a cabeça com as duas mãos. Nisso, chegou minha mãe.

— Quer fugir? Posso descobrir um jeito...

Em outra época (quando foi?), senti pena desta pessoa. Se eu ainda fosse a mesma, agora sentiria também. Mas já não sou o mesmo ser humano, não sinto mais nada.

— Filha? O que houve?

A mulher que me deu à luz afastou lentamente minhas mãos da cabeça.

— Estou com dor de cabeça — respondi, rouca.

— É que você não quer ser congelada.

— Não, não é isso — respondi, balançando um pouco a cabeça.

— Então o que é?

— É uma dor fisiológica, só isso.

Desde então, [ela] não apareceu mais nos meus mundos de sonho. Não que [ela] tenha sido integrada às minhas sombras — eu a apaguei. Hoje [ela] vive nos sonhos de outra pessoa. Agora estou sozinha em meu mundo ruim, onde nenhum outro ser vivo existe. Sinto-me plena assim.

Percebi que meu coração aos poucos foi parando. Isso já vinha de antes. No mundo da luz do dia, também. Chegava uma hora em que eu não tinha mais nenhum sentimento, a ponto de poder matar uma pessoa. Isso acontecia mais ou menos uma vez por ano. Então, minhas emoções voltavam de forma gradual, e eu me horrorizava com minha própria frieza... Mas isso também ia passando aos poucos... Nos sonhos, eu não tinha sentimento algum. Era totalmente livre.

Minha cabeça doía porque, no sonho, eu olhara direto para aquele sol resplandecente, sem piscar por um segundo.

— Tá tudo bem. Já estou um pouco mais leve.

Afastei as mãos da cabeça e olhei para minha mãe. *Como é bonita, a minha mãe.*

— Era para eu ter recebido essa convocação, não você.

Mas, para mim, estava claro que era eu quem deveria ser convocada.

— Escute... — Lembrei de algo que precisava lhe dizer.
— Sim?
— Não me leve a mal, mãe, mas não quero ser transferida pros seus sonhos.
— Então quem...
— Ninguém. Não quero ser transferida pros sonhos de ninguém. Quero ir pra um lugar onde não exista nada.

Minha atividade mental estava finalizada. Graças a Keiko.
— Você, hein...
— Não me diga nada absurdo ou constrangedor. Que eu sou autodestrutiva, que estou desesperada, não diga. Não tem nada a ver.

Queria que minha mãe, o Maabô e o meu médico fossem felizes. Não estava triste por não poder mais encontrá-los. Eu sou um tipo diferente de pessoa e devo ir para um tipo diferente de mundo. Devo me dar por agradecida que, para o meu problema, exista uma solução.

Quero continuar vivendo. Para sempre. E é assim que vai ser. Serei um olho incorpóreo, inconsciente, pairando em algum lugar.

Minha mãe disse:
— Sua alma é feita de uma matéria-prima diferente da minha.
— De matéria-prima de baixa qualidade — respondi baixinho.

PIQUENIQUE NOTURNO
Tradução: Rita Kohl

Ele estava sentado à escrivaninha quando o pai entrou.

— E aí, está conseguindo avançar um pouco?

O pai ficou parado, à toa, com um cigarro de tabaco pendurado na boca.

— Estou... Escuta, não tem que acender isso aí pra fumar?

— Ah, é verdade. Sempre me distraio e acabo esquecendo.

Ele tirou um isqueiro do bolso, acendeu a extremidade do cigarro e inalou a fumaça.

— Justo você, que está sempre insistindo que não podemos esquecer o modo de vida dos terráqueos.

— É verdade. Desculpa. Tenho que ser um exemplo pra família. Nós, terráqueos, precisamos nos manter fiéis às etiquetas do cotidiano, onde quer que estejamos. E aos papéis familiares. Em especial quando vivemos assim, isolados e distantes da Terra.

— É, talvez você tenha razão.

Examinou as roupas do pai. Um terno preto de abotoamento duplo, camisa social também preta e gravata branca. Para completar, uma rosa vermelha na lapela, um chapéu e um anel grosso.

— Bacana, hein? Seu pai está nos trinques. Vi essa roupa num filme, mais cedo. Um homem estava vestido assim e dançava acompanhado por uma música.

— Ah, eu já vi esse. Mas nesse caso, será que não é uma roupa de baile?

Ele tentou falar de forma que não fosse muito incisiva, já que era o filho.

— Não, que ideia! — O pai estufou o peito. — Porque, em outro vídeo, ele estava andando de *automóvel* e depois polindo as unhas em um barbeiro. E as pessoas ao redor o tratavam com respeito. Ou seja, esse é precisamente o traje adequado a um pai de família.

— Certo... mas, escuta, você não está com o dobro do peso de ontem?

— Parece que você tem que ser bem encorpado para essas roupas caírem bem — respondeu o pai em voz baixa, sem convicção.

Ele resolveu não insistir no assunto e fechou o livro.

— A decodificação vai indo bem. O livro é... como posso dizer? É divertido.

— Se for chato também não tem problema, o importante é se o que está escrito é verdade ou não. Livros são um negócio confuso, porque uns são feitos só de mentiras, outros são metade mentira e metade verdade, outros são só verdade.

— Tem razão. Por que será? Ficar inventando textos que só têm um monte de mentiras não serve pra nada.

Os dois pararam para refletir. Esse assunto era sempre um mistério. O filho, em especial, estava começando a se questionar: todos acreditavam piamente que, nos vídeos, tudo o que aparecia era real. Mas e se os vídeos também contivessem mentiras?

— Nós, da raça humana, somos criaturas muito complexas — suspirou o pai. Essas palavras soavam bem, ditas assim, ainda que fossem um mero consolo.

— Mas este livro aqui, eu acho que é verdade. Afinal, colocaram até as datas do calendário cristão, direitinho.

— Ah, é! Dá pra ir por esse caminho aí, também. Como você é inteligente! Só podia ser meu filho mesmo. — O rosto do pai se iluminou. — Eu não tinha percebido... Tem muitos livros que a gente não sabe nem dizer de que época são.

— Este se passa nos Estados Unidos do século xix. Incluíram até um mapa. Tem muita coisa sobre a Guerra de Secessão, mas a protagonista é mulher.

— Se você decodificar até o fim, será que encontra alguma coisa sobre os motivos da raça humana ter partido para o espaço?

— Não sei, vou ver. A mulher acaba de sofrer uma decepção amorosa. E ainda falta todo este tanto, então talvez uma hora ela pegue uma nave espacial. Afinal, quando as pessoas levam um fora elas costumam ir pra outro lugar...

O filho, tão competente nos estudos, falava com segurança.

— Será? — disse o pai, inclinando a cabeça.

— Sim, sempre saem pra viajar ou algo assim. Isso aparece muito nas letras de música.

— Sei...

— Quem sabe eu devesse sofrer uma decepção amorosa, também, pra ver como é.

— Mas, pra isso, acho que precisa de outra pessoa.

— Ué, tem minha irmã.

— Verdade. Quer tentar, então?

— Primeiro, acho que a gente precisaria ir a um baile, sair pra jantar, essas coisas.

— Bom, não dá pra fazer nada muito grandioso, considerando que, no total, só existem quatro humanos. Não vai dizer que você quer chamar os monstros lá do lado das colinas!

— Bom, eles conseguem se transformar e ficar iguais à gente, não conseguem? Era só fazer umas roupas bonitas com o replicador e vesti-los.

— Eles não se interessam por esse tipo de coisa. Não compreendem a vida civilizada. São bonzinhos, não fazem mal a ninguém, mas, no fim das contas, são de outra raça. Não dá pra saber o que estão pensando. Fazem questão de levar aquela vida bárbara, sendo que é muito mais legal viver aqui, na cidade automática! Compreendo que pode ser mais conveniente, mas...

A mãe, de bobs no cabelo, enfiou a cara para dentro do quarto.

— Querido, vá lá falar com ela.

Estava de roupão e trazia nas mãos uma garrafa de leite e uma laranja.

— O que aconteceu?

— Ela se escondeu dentro do armário!

— Como é que é? Arranjou mais alguma ideia esquisita?

— Culpa dos livros! Parece que em um deles estava escrito que as meninas odeiam a mãe e amam o pai. Ai, vou te contar... — A mãe balançou a cabeça.

— Como é que é? — O pai não entendeu nada.

— É aquela coisa de psicologia, sabe? Esse negócio é só um monte de mentiras — disse o filho, triunfante. — Pode deixar, eu vou lá e explico pra ela.

— Não é melhor eu ir, como chefe de família?

— Mas você não entende muito de livros, pai.

O filho se levantou.

*

— Até quando você vai ficar enfiada nesse armário? Sai logo daí, menina! — A mãe esmurrava a porta.

— Não saio! Estou na fase da rebeldia — respondeu uma voz abafada, como se a irmã pressionasse o queixo contra uma almofada.

— Você está interpretando errado!

O filho entrou na conversa.

— Por quê? Estou na puberdade, ué.

— Nós não combinamos de fazer um piquenique? Vem logo! — esganiçou a mãe.

— Fica quieta um pouco, mãe.

Ele a empurrou para longe. Usou força demais, então ela voou em direção ao chão, bateu a testa e ficou caída. O filho a deixou como estava e cruzou os braços.

— Você deve ter lido em algum livro sobre o complexo de Electra e tal, não foi?

— Exatamente — respondeu a irmã, de dentro do armário.

— Acontece que existe também um negócio chamado complexo de Édipo inverso, sabia?

— O que é isso? — A voz dela ficou mais baixa.

— Em resumo, é o apego ao progenitor do mesmo sexo.

— ... Poxa, mas aí não é o contrário?

— Pois é. Na psicologia é assim. Tem um caso, e aí logo aparece outro que é o oposto. Não dá pra afirmar que as coisas funcionam de um jeito só.

— ... É mesmo?

Ela parecia estar perdendo a convicção.

— Quem é que entende mais sobre livros aqui?

Não houve resposta.

A mãe, que continuava caída, se levantou devagar. Esfregou um pouco a testa. Pelo jeito, estava tudo bem. Ela se afastou, em direção ao replicador.

— Além do mais, não é chato passar o dia todo enfiada no armário? — Ele resolveu mudar de estratégia.

— Mas...

— Você está convencida de que é adolescente, mas não dá pra ter certeza. O período orbital daqui é diferente do da Terra. Eu não calculei direitinho, mas dizem que não é o mesmo — continuou ele, num tom deliberadamente tranquilo. — Qual a sua idade, mesmo? Nos anos daqui.

— Hã... Uns dezessete anos, eu acho — respondeu a irmã, séria. Não parecia ter muita certeza. — Não sei muito bem. Às vezes o calendário que eu uso não funciona direito.

— É verdade. Se for coisa de uma semana, a gente consegue lembrar bem, mas... Eu também estou pesquisando quando foi que a humanidade descobriu o tempo. Ainda não sei exatamente, mas estou achando que o tempo é um negócio bem importante.

Ele puxou uma cadeira e sentou-se. Acendeu um cigarro, imitando o pai. Assim que um pedaço de cinza caiu no chão, o limpador automático veio imediatamente.

— Então, é por isso mesmo que estou agindo assim — disse a irmã, movendo-se dentro do armário.

— Mas você não acha que o tempo é pouco confiável? Tem vezes que as três da tarde de hoje viram as sete da manhã de quatro dias atrás...

A mãe se aproximou para ver o rosto do filho. Tinha acabado de tirar uma cesta de bambu da máquina replicadora.

— Que ideia! O tempo está passando normalmente. O que você precisa é levar uma vida regrada. Tira logo sua irmã desse armário, porque assim que eu terminar de arrumar tudo, vamos sair. Esse é o cronograma de hoje, já está definido faz tempo.

— Que coisa, eu sei — ele se voltou e olhou para ela de cenho franzido. Tudo bem achar os pais chatos. Tem cenas assim nas novelas. — Bom, deixa esse assunto do tempo pra depois. Você disse que tem dezessete anos, e isso é tarde pra puberdade, sabia?

— Tá, então o que devo fazer, hein? — perguntou a irmã, mal-humorada.

— Hum, vejamos... As meninas no fim da adolescência lavam muito o cabelo. Também ficam experimentando várias roupas diante do espelho e às vezes saem pra um encontro.

— Será que essas coisas são mais legais?

— Com certeza são.

— Tá bom.

A porta foi aberta por dentro. A irmã estava sentada numa prateleira alta, abraçada a uma almofada. Pulou para fora dali com agilidade.

— Ai, que canseira. Passei seis horas aí dentro! Demorou muito pra mamãe perceber.

Ela esticou os dois braços e se espreguiçou.

— É que estava todo mundo ocupado... — consolou o irmão.

— E eu aqui dando o meu melhor pra ser desobediente! — disse ela, já num tom mais animado.

A mãe foi para a cozinha com as mãos cheias de ingredientes.

— O que essa mulher tá fazendo?

— Preparando um lanche pro piquenique. E geralmente não se usa "essa mulher" pra falar da própria mãe.

— Às vezes acontece de usarem, não?

— É, mas...

Ele também não entendia bem essa parte.

— Vou me arrumar.

A irmã parou diante do replicador e apertou vários botões. *Gordura vegetal insuficiente*, respondeu a máquina.

A margarina que a mãe produzira mais cedo estava numa cesta ao lado deles. A irmã raspou um pouco com uma faca e jogou para dentro da máquina. As lâmpadas piscaram e, com um leve ruído, ela dispensou dois batons.

— Você pode fazer as minhas coisas também?

— Posso.

— Tá, então... Quero um pente e brilhantina. Ou será que eu devia usar um gel, hoje?

— Você vai mudar de penteado?

— É. Estou pensando se uso o cabelo arrepiado ou se faço um topete.

Ele se recordou das várias imagens que vira nos filmes de jovens. Nos cartões de estilo também tinha vários modelos. Mas nos filmes o mais comum eram uns looks como os do filme *American Graffiti*.

— Vou de brilhantina.

— Qual marca? — perguntou a irmã.

Ele não havia pensado nisso.

— Precisa escolher a marca?

A irmã tinha tendência a se perder em minúcias.

— Se você leva a estética a sério, é preciso atentar pra todos os detalhes.

— Quais marcas têm? Não sei muito sobre o assunto.

— Para produtos de cabelo... tem a Yanagiya, Fiorucci, Lanvin — respondeu ela, com ares de entendida.

— Tantas assim?

— Nestlé, Ajinomoto, Kewpie...

— Bom, pega qualquer uma que te pareça boa.

A irmã lidou com a máquina e produziu uma brilhantina. A tampa tinha o logo da Kewpie.

— Essas pequenas coisas são muito importantes no dia a dia.

— Parece que são, né?

— Nesse aspecto eu sou melhor do que você, porque leio revistas femininas. Sobre *brunches* de domingo, por exemplo, sei até mais que a mamãe! As garotas devem comer frutas com iogurte. E cheesecake também.

— Você virou menina de vez! — Ele estava sinceramente admirado. — Antes você... Hã, eu não lembro de muita coisa, mas você não era um menino, antes?

— Acho que era. Pelo pouco que me lembro. Aí o papai e a mamãe decidiram que era melhor ter um menino e uma menina como filhos, pra ter mais variedade. Pra mim, pessoalmente, é difícil, porque as roupas e os penteados são todos diferentes. Se eu fosse menino, era só imitar você.

Ele se recordou de quando a irmã era um menino. Eles brincavam de pega-pega, os dois de bermuda. Até que a mãe declarou que crianças que tinham corpo de menina precisavam ser criadas como meninas, e o irmão mais novo virou uma irmã mais nova. Para a irmã, parece que dava na mesma. Depois de algum tempo se vestindo como menina, o corpo dela foi ficando mais macio. Ela estava se esforçando bastante.

— A mamãe ainda não está pronta?

Ele circulou pela sala, sem mais nada para fazer.

— Acho que ela foi se arrumar, não?

— Que demora...

— As mulheres são assim, demoram muito pra se aprontar. Você não sabia?

— Mas não é só botar uma roupa, arrumar o cabelo e passar um pouco de maquiagem?

— É, mas...

— O que mais ela precisa fazer?

— Não sei... Mas acho que mães sempre têm muito a fazer.

O importante, em uma família, era cada um fazer bem o seu papel. Ele voltou para o quarto, deitou-se na cama e ficou ouvindo uma fita. Uma hora, começou a ficar com sono.

A mãe demorou dois dias e meio para se aprontar.

Os quatro saíram de casa levando a cesta e térmicas com água. Estava uma noite linda, o céu sem nuvens.

— Não vamos de *automóvel*?

— Diz que, nos piqueniques, é pra ir a pé.

Eles foram caminhando devagar por entre os arranha-céus.

Tudo indicava que não havia nenhum outro habitante naquela cidade exceto eles. Os vidros dos prédios reluziam um brilho azul e oculto. O interior dos edifícios era escuro e quieto. Um zumbido leve soava ao longe. Algum interruptor ligava e desligava automaticamente. As fileiras de lâmpadas de mercúrio dos postes desenhavam uma renda, acompanhando as curvas.

— Esta região não tem uma vista muito boa — murmurou o pai.

— Piqueniques devem ser feitos em paisagens bonitas, não é, filho?

— É, tem que ser em uma pradaria ou colina, algum lugar arborizado.

— Mas não é perigoso sair da cidade? — perguntou a mãe, ansiosa.

Nenhum deles se lembrava de jamais ter saído da cidade. Apesar disso, tinham uma imagem compartilhada de como era o mundo fora dela.

A cidade terminava de maneira abrupta. Os prédios não iam diminuindo aos poucos: era como se ela tivesse sido extraída de algum outro lugar e depositada naquele planeta. Parecia tão isolada quanto a família. E eles não faziam ideia de quando aquela metrópole surgira. A explicação do pai era que colonos vindos da Terra haviam construído a cidade e depois ido embora, ou sido extintos, de forma que restavam apenas os quatro.

Para além da cidade estendiam-se colinas e campos, onde viviam monstros preto-azulados. Eram criaturas de pernas curtas, com cabeça e corpo cobertos por pelos longos. Caminhavam eretos, dando passos pesados. Tinham patas dianteiras gordas e longas garras pretas. Os monstros não demonstravam nenhum interesse na família de terráqueos.

Os quatro conheciam a aparência e os hábitos desses monstros, apesar de jamais terem visto um deles. Não saberiam explicar por quê. As criaturas se alimentavam de frutas e eram muito tranquilas. São preguiçosos, dizia o pai. Estão sempre dormindo ou fazendo folia. Por isso, não são da raça humana. Todos os humanos têm rotinas bem-organizadas, como nós.

— Você leu o jornal matinal, querido?

— Li — respondeu o pai, com gravidade.

Foi ele quem decidiu que era preciso ler o jornal regularmente, como faria *qualquer pessoa*. Quem não lê o jornal pela manhã não é uma pessoa decente, assim como quem não paga a taxa das emissoras televisivas para assistir à programação. Mas na casa deles a única coisa que viam na televisão eram filmes, então não precisavam se preocupar com a taxa. Além do mais, não existia nenhuma emissora ali. Mas a questão do jornal era imprescindível. Não adiantava tentar desconversar, dizer que não assinavam o jornal só porque ninguém publicava um.

Portanto, o pai digitalizara antigos jornais e revistas e os usava para fazer o próprio jornal diário. Toda noite, antes de dormir, apertava botões a esmo, pois se escolhesse cada texto com atenção, estragaria a novidade da leitura. Depois era só programar a máquina despachadora de correspondência, e todo dia, às cinco da manhã, o jornal estava na caixa de correio.

— Alguma notícia importante?

A mãe fingiu interesse.

— O preço do trigo subiu.

— De novo? Não é a sexta vez este mês?

Ela comentou qualquer coisa. Afinal, as próprias matérias já eram qualquer coisa. O importante era manter a postura correta mesmo assim.

— Não, ficou estagnado por um tempo — respondeu o pai, com ar de quem falava sobre algo muito complexo. — Andei pensando — continuou, cruzando os braços e fitando os filhos, que caminhavam à frente. — Acho que está chegando a hora de construir uma casa.

— Por quê? Onde nós moramos agora está ótimo.

— Não é assim que as coisas funcionam. A gente só entrou naquela casa e começou a morar lá, não foi? E já faz tempo. Tudo bem que a casa está nova e é conveniente, mas nem por isso podemos nos acomodar pra sempre. É a adversidade que faz o ser humano se aperfeiçoar. E construir uma casa é uma das tarefas que um homem deve fazer durante a vida.

— Mas, onde? — perguntou a mãe, para continuar a conversa. Aquilo lhe soava ridículo, mas quando o pai começava com essas histórias, o melhor era participar do jeito certo.

— Como assim, onde? Estou procurando um terreno adequado agora mesmo.

Morar fora da cidade era impensável. E o pai não tinha a menor ideia de como construir uma casa.

— O que eu não quero, de maneira alguma, é levar uma vida leviana — emendou ele, para corrigir a situação. — Não quero fazer nada que mereça reprovação. Se um homem leva uma vida que o envergonhe como pessoa, os filhos o imitam, entende? O que as crianças mais reparam nos pais são os defeitos. Basta você desviar um pouco que seja do caminho correto, e eles já se tornam... hã, como se diz mesmo?

O pai agitou a mão, irritado.

— Delinquentes?

— Isso! Logo desandam pra esse caminho. Não sei por quê, mas os jovens estão sempre a um passo de ser delinquentes — declarou, apesar de não saber dizer, na prática, o que isso significava. Devia ser o tipo de coisa que sairia no jornal, o problema é que quem fazia o jornal era ele mesmo.

— Começam a querer uma motocicleta, esse tipo de coisa.

— Ah, isso mesmo! Você falou uma grande verdade. É isso. Uma motocicleta, ou até um automóvel.

— Só que nosso filho já tem os dois! Ele usou o replicador...

— Sim, vejo isso como uma tendência preocupante. Depois vou chamar a atenção dele, com cuidado. Quando se trata de educar os filhos, a primeira abordagem é fundamental.

Eles continuaram a caminhar pelas ruas desertas.

— Até onde será que a gente vai?

O filho tirou um pente do bolso e arrumou o cabelo, que estava penteado no estilo *ducktail*, com as laterais para trás, se encontrando em uma linha vertical na nuca. Teve uma ideia e deixou cair uma mecha de franja sobre a testa. *Arrasei*, pensou. *Sou estiloso demais.*

A irmã usava um vestido longo cuja cauda se arrastava no chão. Ela sabia que, se uma moça ia sair de casa à noite, deveria vestir um traje noturno. Tinha considerado usar algo na linha disco-formal, mas desistiu, já que não iriam a nenhuma discoteca. Gostaria de ir, pelo menos uma vez na vida, mas o pai não permitia. Ele dizia que esses lugares eram antros de delinquentes. Graças a isso, ela não podia conhecer os lugares preferidos da garotada. Onde quer que esses lugares estivessem.

— Nós não vamos sair da cidade, vamos?

— Acho que não...

Ele ergueu o colarinho da camisa de botão, sem nenhum motivo particular. Será que era melhor deixar a camisa para dentro ou para fora da calça?

— Seria bom se tivesse uma praia por aqui. Uma avenida à beira-mar, sabe. É tão lindo quando tem uma.

Ela estava se lembrando de paisagens que vira em filmes.

O grupo chegou a uma praça cercada por teatros. No meio, havia um chafariz. Todas as luzes estavam apagadas.

— Ué, o que houve? Geralmente aqui é tão iluminado.

A irmã se sentou na mureta de pedra ao redor da fonte.

— De madrugada eles desligam tudo.

— Que horas são agora?

— Não sei... E também, não dá pra confiar nos relógios. Tenho a impressão de que, nesta cidade, o tempo passa em velocidades diferentes dependendo do lugar. — Ele enfiou as mãos no bolso.

— Era começo da noite quando a gente saiu de casa, e não caminhamos tanto assim...

— É, agora que você mencionou, também estou achando.

Ele não andava muito confiante sobre a forma certa de levar a vida. Em alguns momentos, não sabia o que deveria fazer. Principalmente quando os dias começavam a se esticar e encolher, ficava tudo muito confuso. Quando estava bebendo seu café matinal e o sol de repente começava a sumir no horizonte, aquilo dava um nervoso. Se ainda estava acordado tarde da noite, levava bronca dos pais. Diziam que a noite era hora de dormir. Ele respondia que não estava com sono, então o mandavam se deitar e fingir que dormia. Insistiam que ficar acordado de noite era ruim para a reputação, e que não se deve fazer nada que seja vergonhoso perante a sociedade.

Para ele, essa coisa de "sociedade" era um mistério. O que essa palavra queria dizer? Se perguntava isso em resposta aos sermões, os pais berravam que ele não tinha senso comum. "Nessa idade já era pra você ter um pouco!"

Então ele ficou esperando o tal senso comum surgir. Esperou bastante, mas não adiantou. Muitas questões o afligiam. (Por outro lado, estava escrito nos livros que a juventude era um período de muitos sofrimentos e dúvidas. Então talvez estivesse tudo certo assim?)

Ele se sentou ao lado da irmã.

— Escuta, você acha que o tempo é um negócio inventado?

Ela ergueu os olhos.

— Tenho pensado que, onde não tem pessoas, o tempo não existe. O tempo foi um conceito inventado pelos seres humanos, por necessidade. Como uma forma de ordenar as coisas.

— Mas, nesse caso, o que acontece com a história? Nós estamos sempre buscando a história verdadeira. Queremos saber quando os humanos vieram pra cá, como fizeram isso e o que aconteceu depois que eles chegaram. Você não quer saber?

— Sei lá, ultimamente não ligo muito pra essas coisas. Comecei a achar que tanto faz.

— Ei, isso aí é um pensamento muito perigoso — interveio o pai, que se acomodara em um banco.

— Fica quieto, está tudo bem.

O pai balançou a cabeça.

— Não, não posso me calar. Qual o nosso objetivo ao ler todos esses livros, assistir a todos esses filmes? Não fazemos tudo isso pra estudar a forma como nossos antepassados levavam a vida? Tenho certeza de que existe, clara como água, uma forma correta de viver. E não tenho dúvida de que ela é uma só. Se você desviar desse caminho, vira tudo um caos.

— Eu acho que as pessoas deveriam poder viver cada uma do jeito que preferirem.

— Essa é uma forma imatura de pensar. Na sua idade o normal seria você ir à escola, onde te obrigariam a estudar. Você já devia ser grato só por não ter que fazer isso. Fico pensando como tudo seria mais fácil se houvesse uma escola aqui. Até pra você. Na Terra, existia uma coisa chamada "cursinho vestibular".

— Eu sei.

— É muito bom quando os jovens têm um alvo contra o qual se lançar. Que maravilha, ver a juventude arder no calor dos estudos. — O pai abriu os braços num gesto exagerado. — Isso é que é ser jovem de verdade. Colocar a própria força à prova. Ter a satisfação de saber que você fez o seu melhor! Que coisa linda.

— Você queria que eu virasse um desses jovens exemplares que sempre dão tudo de si?

— Essa é a verdadeira juventude.

— Eu, hein! Cafona demais. Ando desconfiando de que esse negócio de dar tudo de si nunca é uma boa ideia.

— Só estou pensando no seu bem. E você deveria prestar atenção, porque os pais estão sempre certos.

— Tá, só que em vez de eu ir pra escola, você quer que eu, como terráqueo, recrie a nossa história, certo? Por que essa obsessão com a história e com o tempo?

— Menino, você virou arruaceiro agora? Entendi, você está virando delinquente. Esse é o tipo de bobagem que os delinquentes falam.

— Se você não escutar seu pai, logo vai se arrepender. — A mãe se intrometeu na conversa. — Tem até aquele ditado: "Não adianta colocar saco de dormir no túmulo". Depois que nós morrermos, será tarde demais!

— Não é saco de dormir, é cobertor.

— Dá na mesma! Ai, que menino chato.

O filho se calou.

Ele compreendia, ainda que de forma vaga. Tentar viver como terráqueos naquele planeta deixava os pais ansiosos. Para apaziguar essa aflição, era preciso ter uma rotina minuciosa, cheia de compromissos. Sem saber quais eram os comportamentos mais adequados como terráqueos, tentavam disciplinar a si mesmos e aos filhos de maneira insensata. Todo esse esforço para desenterrar a história de seus antepassados também devia ser uma forma de se tranquilizar.

— Agora você é malcriado? Até três dias atrás você era tão bonzinho — perguntou a irmã, discretamente (não era uma crítica).

— Parece que sim. Até eu mesmo estou estranhando. É que enquanto a mamãe se arrumava pra sair, fiquei pensando sobre o tempo. Até então o tempo era ordenado, mas depois de pensar nisso por dois dias e meio, começou a me parecer desnecessário. Digo, se for só pra viver.

— Você está ficando maluco? Eu só demorei uma hora.

A mãe balançou a cabeça envolta por um lenço.

Então, pensou o filho, será que é só pra mim que o tempo está estranho?

— Querida, não fale desse jeito — interveio o pai, abrindo os braços.

— É verdade. É que eu me preocupo tanto com as crianças, acabei me excedendo. — A mãe riu, cobrindo a boca com a mão. Então olhou em volta e exclamou com entusiasmo: — Bom, vamos parar de bobagem e fazer nosso piquenique!

Os monstros dormiam, encostados uns nos outros. A relva macia era perfeita como cama. O solo exalava um perfume adocicado. Na floresta, o cheiro era mais intenso e envolvente. Eles dormiam, sem pensar em nada, sem preocupações.
Só dois deles eram diferentes. De olhos abertos no meio da noite, refletiam sobre o tempo e a liberdade de outras criaturas.

A família de terráqueos começou a comer os sanduíches, em silêncio. Antes de engolirem a primeira mordida, a manhã chegou no planeta.
— Ué, o que aconteceu? Não era pra amanhecer.
— Eu não falo sempre pra você não esquecer o relógio? A gente deve ter saído de casa numa hora absurda. — A mãe deu uma cotovelada no pai.
— Será? Mas não é possível...
— Como assim, não é possível? Já amanheceu. E agora, o que vamos fazer?
— Mas mamãe, dá pra fazer piquenique de dia também, não dá? — A irmã continuou a comer tranquilamente.
— Eu sei lá! Foi seu pai quem decidiu — disparou a mãe.
— Ai, e agora? Eu queria fazer como naquele filme, *Piquenique noturno*... — O pai estava perdendo a credibilidade.
— Não é *Piquenique no front*? — palpitou o filho, sem pensar.

— Seu idiota! Cada coisa que você fala! Se fosse no *front*, a gente teria que ir pra um lugar onde tenha uma guerra! Por acaso você tem alguma noção de como é difícil achar uma guerra hoje em dia? Não tem, né? Então é óbvio que você está errado!

A mãe estava quase surtando.

— Hã, não tem nenhum chamado *Piquenique matinal*? — perguntou a irmã, e examinou o rosto de todos da família. Nenhum deles conhecia um filme com esse título.

— Bom, não tem jeito. Vamos cancelar e voltar pra casa. — disse o pai, aborrecido.

Os quatro se levantaram.

Algo passou correndo por eles e agarrou a cesta de piquenique. Fugiu até a porta de um dos teatros, de onde se voltou para encará-los. Era uma menina loira, de olhar esperto.

— Ei, o que é isso? Devolva nossa cesta — gritou o pai.

— Meus guardanapos com bordado *Richelieu* estão lá dentro! Precisamos pegar de volta — berrou a mãe, histérica.

A menina disparou a correr, com a cesta pendurada no ombro. Era muito veloz. A família saiu atrás dela.

— São preciosíssimos, foi o papai que me deu de aniversário de casamento! Um conjunto com toalha de mesa — lamentava-se a mãe, enquanto corriam.

Quando pensaram que haviam perdido a menina de vista, ela reapareceu, esperando por eles em uma esquina.

— Isso aí não pode ser um terráqueo! Não tem nenhum terráqueo de verdade aqui além de nós. — O pai estava ofegante.

— Tem terráqueos falsificados, então? Como é isso?

— Fica quieto! Não é hora pra bobagens.

— Não é só fazer guardanapos novos no replicador? — perguntou a irmã, sem parar de correr.

— Mas eles têm valor sentimental! São únicos no mundo — exagerou a mãe.

Por mais algum tempo eles correram e pararam e correram novamente, como se brincassem de pega-pega.

— A gente até podia dar a comida pra menina, mas ela agindo desse jeito, dá raiva!

— Com certeza ela tem um plano, está tentando atrair a gente pra algum lugar...

Nesse caso, seria de se esperar que os pais parassem de perseguir a menina, mas eles continuavam em frente, empenhadíssimos. O filho e a filha os acompanhavam como se aquilo fosse uma brincadeira.

De repente, a cidade acabou.

A menina estava em pé, no alto de uma colina suave.

— Vou te pegar pra você aprender a não fazer as pessoas de idiotas!

— Cuidado, papai!

Os quatro pararam e ergueram os olhos para a colina.

Um velho surgiu da sombra de uma grande árvore e se juntou à menina.

— Peço perdão por termos lhes causado tanto transtorno. É que queríamos conversar com vocês, mas não conseguimos de jeito nenhum entrar na cidade. Não é que seja impossível, mas não gostamos daquele tipo de lugar. Aquilo lá foi feito pelas pessoas, não presta pra gente — disse o velho, num tom de voz meio desajeitado, mas com tranquilidade.

— Devolva essa cesta imediatamente! — explodiu a mãe.

— Vou devolver, assim que eu terminar de falar. Nós passamos muito tempo observando vocês. Não com esses olhos, mas como uma imagem mental. Acho que vocês devem entender, pois são capazes de fazer o mesmo.

— Nós não temos nada a ver com vocês! — O rosto do pai estava rubro.

— Calma, escute. Nós vivíamos em paz. Estávamos plenos, mesmo sem construir nada, nem consumir nada. Mas em qualquer lugar há quem não se enquadre, e então alguns de nós começaram a se perguntar por que estavam vivos, ou de onde tinham vindo, esse tipo de coisa. E não apenas começaram a pensar, mas foram ficando agoniados. Eles partiram para a cidade, a cidade que os habitantes de outro planeta construíram e depois abandonaram. Instalados lá, passaram a viver quebrando a cabeça com questões como o tempo, a história e as suas raízes.

O velho não tinha voz de velho.

— Está falando de nós? Se estiver, isso não é da sua conta. Não somos como vocês. Nós nascemos e crescemos nesta cidade!

O pai estava ficando desesperado.

— Vão dizer que não se lembram disso. Mas a memória sempre pode ser rearranjada da forma mais conveniente. Eu quis que viessem até aqui porque queria falar com vocês. Por que resolveram viver imitando outro tipo de criatura, esses *terráqueos* ou seja lá o que for? Sendo que, se parassem de tentar ser terráqueos, vocês poderiam ser livres? Poderiam viver tranquilos, sem se preocupar com nada?

— Seu idiota!

O corpo do pai se inflou de ódio. Literalmente se inflou. Ele emitiu uma onda agressiva. A onda, de uma cor violeta horrorosa, atravessou o ar e acertou o velho e a menina no alto da colina. Os dois tombaram sem resistência.

Eles não estavam entendendo nada daquilo. Não faziam ideia de que, quando o ódio era intenso o bastante, podia causar a morte física de outras pessoas.

— Ah, que bom! Não eram humanos — apontou a mãe.

Havia dois monstros preto-azulados caídos ali.

— Que susto que eles deram na gente!

O filho soltou uma risadinha. Quando buscou os rostos dos familiares, encontrou três monstros.

Uma brisa suave atravessou o silêncio da colina. Os quatro monstros que vinham interpretando uma família estavam imóveis, estupefatos. Não tinham sequer como refletir sobre como as coisas tinham chegado naquela situação. Recordaram-se, lentos, que os monstros eram capazes (que eles mesmos eram capazes) de se transformar em qualquer coisa. Talvez estivessem tão convencidos de que eram terráqueos, que passaram a ter a aparência deles.

O vento mudou de direção.

Os quatro monstros se afastaram, cada um para um lado, sem nem mesmo se entreolhar. Seguiram devagar, sem destino, levando consigo os brotos de novas preocupações.

LEMBRANÇAS DO SEASIDE CLUB
Tradução: Rita Kohl

A avenida da orla transborda de sol.

Garotos e garotas tomam sorvetes de casquinha nos bancos sob as árvores ginkgo ou ziguezagueiam de patins. Guarda-sóis vermelhos e azuis anunciam os carrinhos de cachorro-quente.

Eu, com as mãos enfiadas nos bolsos da saia jeans, começo a assobiar. As notas mais baixas saem roucas. Se faço força para produzir som, acabo desafinando. Nas passagens mais aceleradas, não consigo emitir cada nota com clareza, saem todas emendadas.

Mudo para um *blues*, apesar de não estar nesse espírito. Assim, ainda que a melodia soe um pouco incerta, consigo chegar até o fim.

Todos os dias são incríveis.

Tão incríveis que não consigo parar de sorrir.

Mas ficar rindo sem parar pega mal, então passo o dia inteiro cantarolando. É assim desde que cheguei aqui.

Um ônibus se aproxima atrás de mim e Emi desembarca. Ela acena com um gesto largo e vem correndo.

— Pra onde você tá indo?

O vento morno, cheirando a maresia, brinca com o cabelo cacheado dela.

— Pro Seaside Club.

— Ah, eu também vou pra lá!

O nome na placa desse barzinho, que fica nos arredores de Yokohama, é "Repouso". Mas comentei com Emi que isso soava como a Associação Japonesa de Eutanásia, então começamos a chamá-lo por outro nome. A área em que estamos costuma ser chamada simplesmente de Avenida da Orla. Tem quem chame de Avenida Beiramar, mas não entendo de onde tiraram isso.

Emi e eu vamos caminhando devagar pelo calçadão, vendo de canto de olho o New Grand Hotel.

A música da minha cabeça segue adiante. Agora não estou mais assobiando, mas cantarolando a melodia.

— Como chama? — Emi espia meu rosto.

— Preciso chegar no refrão pra saber — pauso minha performance da guitarra principal para responder, e logo recomeço. Emi se junta a mim, imitando um instrumento que parece um órgão. Nossa *jam session* dura muito tempo.

Não termina nem quando já estamos diante do Seaside Club. A música foi ficando meio séria, meio depressiva, mas é chato interromper no meio, então paramos na rua para continuar. Finalmente encontro uma chance de voltar para o refrão. Emi continua sem hesitar, parece que ela também conhece a música. Até que, num rompante (pelo menos é o que acreditamos), alcançamos o final. Acabou. Ou não: decido acrescentar mais uma frase para terminar com estilo. Se eu tivesse um instrumento, descreveriam esse último floreio dizendo que o som longo e agudo da guitarra desaparece devagar, como um assobio na escuridão.

— Que música é essa, mesmo? — pergunto, enquanto empurro a porta de vidro do bar.

— "*I Can't Keep from Cryin' Sometimes*" — responde Emi, baixinho.

"Às vezes não consigo segurar o choro." Ah, é verdade. Mas por que será que uma música com um título assim surgiu na minha cabeça?

Porém, como de costume, não penso muito sobre o assunto e sigo até o balcão.

— Lá fora está um dia lindo — digo ao dono do bar.

— Aqui é sempre assim, todo mundo fica realizado. No começo... — responde ele, com frieza.

— Como assim? Aqui dá pra viver só curtindo.

Ganhei meu lugar neste planeta de um cupom premiado. Veio com um pacote de lenços de papel, que comprei sem grandes intenções. (Acho que foi assim. A vida aqui é tão suave — bem como lenços de papel, mesmo — que as memórias de antes vão perdendo a forma.)

— É que uma hora, se você for uma pessoa razoável, acaba enjoando...

Às vezes, o dono do bar fala em tom de sermão.

— A gente pode ficar o quanto quiser, certo? E pode voltar para a Terra a qualquer momento? — pergunta Emi, brincando com o guardanapo de papel.

— É, é assim que funciona. Você quer voltar?

— Não — ela balança a cabeça. — Faz só meio mês que cheguei.

— Você não disse que era meio ano? — pergunto.

— Não disse, não. — Ela pensa um pouco e acrescenta com delicadeza: — Você não escutou errado?

Será que me enganei? Eu cheguei há uns quinze dias, e ela já estava aqui desde antes...

— Querem uma cerveja? — pergunta o dono.

— Ah, esqueci de pedir alguma coisa. Pode ser. Com um copo pequeno, por favor.

Ele coloca sobre o balcão um copo fino, em forma de cone, e uma garrafa aberta. Emi não desgruda os olhos dos gestos dele. É sempre assim quando peço algo alcoólico.

— Ainda está cedo... Me vê um suco — pede, devagar.

Emi não veio por causa de um cupom, mas para mudar de ares e tratar uma doença. A atmosfera deste planeta é melhor para a saúde. Diz ter vinte e cinco anos e não sei o que fez da vida até hoje.

— Escolhe uma música — pede Emi, com a voz suave de quem está perdida em pensamentos.

Vou até a jukebox. Com o toque de um botão, os nomes e números das músicas surgem na tela e vão subindo. A máquina tem um catálogo digno da coleção de uma estação de rádio. Com preguiça de escolher, adiciono três canções quaisquer à lista e volto para o meu lugar.

— Que tipo você botou?

Emi apoia os cotovelos no balcão.

— *Rhythm and blues*.

— Coisa fina.

Não dá para saber se a voz doce e aguda que canta "Lucille", com um timbre metálico, é de uma mulher ou de um garoto jovem. Por algum tempo me perco escutando a pronúncia do inglês. Quem canta parece ser asiático, mas a distinção entre R e L é perfeita.

Tomo um gole da cerveja e volto a apoiar o copo no balcão. Emi encara minha mão com intensidade.

— Sabe, a minha mãe... — ela enfim começa a falar. — Ela era alcoólatra. Bebia desde de manhã. Podia ser qualquer coisa, bastava ter álcool. Ela inclusive dizia que nem gostava do sabor, achava ruim. Mas que conforme se embriagava, a ansiedade ia diminuindo.

O dono do bar escuta com atenção. Ele é sempre um profissional impecável, mas quando Emi começa a falar, tenho a impressão de ver uma leve tensão surgir em seu rosto.

— Todo dia ela pensava em parar, mas sempre acabava com uma garrafa na mão. Certo dia, ela pegou e jogou todas fora, sem sequer esvaziar. Eu fui junto com ela jogar tudo no lixo. Quando voltamos pra casa ela estava feliz, disse que dessa vez com certeza ia conseguir largar. Mas nem duas horas depois já começou a ficar agitada, dizendo que devia ter guardado só um pouquinho pra hora de dormir. E então saiu pra comprar mais.

Emi solta o ar devagar, de cenho franzido. Tira um lenço do bolso e seca as palmas das mãos.

— E nessas horas — tento perguntar da forma mais casual possível — ela te fazia alguma coisa?

O rosto de Emi se esvazia. Parece que a pergunta a pegou de surpresa.

— Desculpa, eu não...

Quase acrescento que não era isso que eu queria dizer, mas me calo. Se não fosse isso, o que seria?

— Não, tudo bem. Você quer saber se ela ficava violenta, como muitos homens ficam quando bebem? Não, isso, não. Mas depois que o papai saía pro trabalho, ela pegava uma garrafa e um copo e voltava pra cama. Quando estava mal, passava o dia inteiro assim. Aí no fim da tarde tentava preparar o jantar, mas é perigoso cozinhar desse jeito, desequilibrada. Derrubava as facas e tal. Então dizia que não estava passando bem e voltava pra cama.

Emi passa o lenço na testa.

"*Shotgun*" ressoa no silêncio entre nós três.

— Por que será que comecei a falar disso? — murmura Emi, no intervalo entre as músicas.

— Porque eu estou tomando cerveja.

— Ah, é.

— Então não vou mais beber na sua frente.

— Não, isso é pedir demais.

— Mas te lembra sua mãe, não lembra?

— Pois é... Não sei por quê. Começou um pouco depois de eu chegar aqui. Lembro dela toda hora.

A porta se abre e entra a menina que trabalha no bar. O dono tira o avental. Ele trabalha bem pouco. Como será que consegue manter o bar assim?

— O que você vai fazer hoje? — Mudo de assunto.

O dono começa a se arrumar para ir embora.

— Vou no Anjo da Sexta — responde Emi. É o nome de uma discoteca excêntrica.

— Ah, legal! Quem sabe vou também.

Gosto do interior dessa discoteca, que tem um estilo vintage. O piso, coberto por um carpete espesso, se eleva em alguns lugares, formando poltronas. E lá não tocam só as músicas da moda, colocam umas muito inusitadas. Outro dia começou a tocar uma que dizia "não tô a fim de fazer nada". Fiquei pasma. Além disso, não é frequentada pela molecada.

Se bem que, pelo que vejo, todos nesta ilha têm entre quinze e vinte e cinco anos.

— Se você for, talvez encontre o Naoshi — acrescenta Emi, como quem não quer nada. — Ele está lá quase sempre.

Sinto o rosto enrubescer. Só de ouvir o nome dele, meu coração já acelera.

— Que bonitinha! — ri Emi. — Você já conversou com ele, pelo menos?

— Ainda não — balanço a cabeça, agoniada.

— Parece que a coisa não vai caminhar tão cedo, então? — pergunta o dono, enrolando um cachecol no pescoço. Fito minha mão, que aperta com força o copo de cerveja.

— Não sei. Vai que acontece alguma reviravolta — responde Emi.

Eu o descobri assim que pisei neste planeta, antes de dar dez passos. Naoshi tinha ido receber alguma outra menina. A agitação que senti naquela hora — sim, foi agitação. Não alegria.

Tive a impressão de que já o vira antes.

Mas não era possível.

Se visse alguém tão belo quanto ele, uma só vez que fosse, não me esqueceria. Além disso, a minha impressão não era simplesmente de tê-lo *visto*, mas de ter *me relacionado* com ele.

— Quando vi Naoshi, tive a sensação de que nós já fomos próximos — digo, absorta em pensamentos. — Mas, ao mesmo tempo, senti um distanciamento de mim mesma, dessa parte de mim que foi íntima dele. Sei que é um jeito esquisito de explicar.

— Quantos anos você tem?

Emi toma o suco.

— Dezenove.

— Hum, então não tem aquela coisa de "quero viver a vida de novo". Teve uma época em que minha mãe falava isso toda hora, "queria viver a vida de novo".

— Tem uma música que fala isso, não tem?

— Tem música falando qualquer coisa. Tem até aquela que diz que o amor de verdade só existe nas letras de música...

Emi se cala e pega uma porção das castanhas servidas pela menina do bar.

— Quantos anos sua mãe tinha quando dizia isso?

— Trinta e seis. Uma idade terrível pra ela. Dizia que queria ter outra chance, recomeçar desde os vinte e cinco.

— Por que vinte e cinco, precisamente?

— Porque foi com essa idade que ela se casou.

Ficamos caladas novamente.

Enquanto isso, o dono já tinha ido embora. A jukebox continuava a tocar. "Quando o amor acaba, faz mal à saúde."

— Desculpa — diz Emi, depois de um tempo. — Ando meio esquisita. Não paro de lembrar do passado. E de um jeito tão vívido... O sofrimento da minha mãe, por exemplo, sinto como se fosse meu.

— É que você tem muito tempo livre.

Mexo na minha pulseira de prata. Emi usa uma igual. A pequena placa presa nelas funciona como um cartão de débito. Enquanto estivermos neste planeta, não precisamos pagar por nada. A ajudante e o dono do bar não usam dessas.

— Tem razão... Com muito tempo livre, a gente logo começa a imaginar coisas.

Ela parece estar pensando em outro assunto.

Começa a tocar uma canção tão melosa que quero morrer. Me viro para olhar a tela e vejo o nome. "*I Got a Mind to Give up Living*", da Paul Butterfield Blues Band.

— Querem que eu prepare alguma coisa? — pergunta a menina.

Pegamos um ônibus para sair de *Yokohama*.

— Qual o próximo ponto?

Estamos sentadas no último banco, e eu olho pela janela.

— *Yokosuka* — responde Emi sem pensar.

— Queria comprar umas roupas.

— Quer descer, então?

— Mas a gente acabou de entrar.

O azul do céu está ficando mais intenso. Sinto que não deveria nem respirar, de tão bonita que é a cor. Grudo o rosto na janela e observo a paisagem do outro lado do vidro. O sol começa a mergulhar no horizonte. Iluminada pelos raios, toda uma faixa dos prédios brilha no mesmo tom de amarelo, destacada do resto. Reluz um brilho contido, mas forte.

— Não sabia que uma cidade podia ter uma vista assim.

Sinto algo pingar nas costas da minha mão. É uma lágrima. Levo um susto e me volto para Emi.

— Isso nunca tinha me acontecido. Chorar olhando a paisagem!

Ela tira um lenço de papel do bolso e o aproxima do meu nariz.

— Parece que, quando chega aqui, todo mundo fica mais sincero com os próprios sentimentos. Mais emotivo. Quer dizer, não quem vem pra trabalhar, mas...

Ela parece aflita. Assoo o nariz. Pensando bem, é a primeira vez desde criança que choro na frente de outra pessoa.

— É como se a atmosfera daqui tivesse alguma coisa que convida a esse clima nostálgico. Está feliz de ter vindo pra cá?

— Claro! — respondo enfaticamente.

Ainda não contei à Emi, mas cheguei até esta idade sem nunca ter tido um amigo. E não é apenas uma questão de ser introvertida, é um problema mais grave. Tenho alguma noção dos motivos pelos quais as pessoas não gostam de mim, mas não quero admitir. Eu tentava me tranquilizar dizendo a mim mesma que não gosto das pessoas e que não queria mesmo amar ninguém.

Mas Emi me encantou em apenas dois encontros. E também tinha Naoshi...

— Quer ir comprar roupa?

— Ah, é mesmo.

— Vamos descer no próximo.

A mágica não acaba nem quando descemos do ônibus. A rua é tão linda que me dá um aperto no peito. O perfume adocicado da primavera paira no ar.

A última luz do sol tinge por igual toda a parte alta das construções. Olho para trás e enxergo o portão da Chinatown.

— Há muito tempo, saí com um garoto nascido em Hong Kong. Como ele chamava mesmo? Acho que era Lo.

Digo isso e levo um susto. Não pode ser verdade. A minha vida na Terra se resumia a ir e vir da escola para casa. Então, de quem é essa memória?

— Como ele era?

— Era muito bom de cálculo, pra lidar com dinheiro e tal.

Não que fosse muquirana, é só que vivia num mundo organizado. Também era muito romântico.

— Sei... Então ele com certeza era safado. Esses caras meio sensíveis sempre são.

A perspicácia da Emi sempre me impressionava.

— Ele era mesmo! Mas parece coisa de outra vida...

— Aposto que também estava sempre botando banca e era bem protetor.

— Hum... Ele não me amava, então não chegou a ser protetor comigo.

Eu tinha vinte e quatro anos quando os olhos rasgados de Lo me conquistaram. Quando foi que herdei a vida de outra pessoa?

Chegamos a uma região cheia de lojas de roupa. É tudo chamativo e americanizado.

— Queria um look mais decadente.

— Para aquele lado tem umas lojas mais londrinas.

Compro uma echarpe feita de telinha amarela, e uma rosa para usar no pescoço. Não consigo me acalmar. Vou a outra loja, mais tradicional, e compro um terno preto. A parte de baixo não é calça, mas uma saia lápis.

— Quer jantar lá em casa?

Convido Emi porque não quero ficar sozinha com a Poltrona.

Tem essa poltrona que fica no meio do meu apartamento, e ela fala. Só fala coisas para me chatear. É meio ridículo descrever a personalidade de um móvel, mas não tem jeito. Ela fala com uma voz que lembra a da minha mãe.

— Estou meio cansada, quero ficar quieta um pouco. Analisar sozinha tudo o que me aconteceu hoje, emocionalmente.

No meu íntimo me alegro com essa resposta, pois já estou cansada de estarmos juntas. Mas por que sou assim, por que não tenho autonomia? Sou tão leviana que até eu mesma me irrito.

Emi se despede com um aceno, na luz cada vez mais azulada. Nas suas costas, voltadas para mim enquanto ela se afasta, poderia estar escrito "determinação". Solto um suspiro.

Chegando em casa, tiro do armário as roupas que pretendo usar hoje e as penduro ao lado da cama. Separo também os acessórios e os sapatos.

Estou fumando, sentada na cama, quando a Poltrona puxa conversa.

— E a outra?

— Ah, a preta?

Penduro o terno também.

— Por que você comprou essa aí?

A Poltrona tem uma voz áspera. Eu odeio esse tipo de voz de mulher, aguda e rouca. Lembra a da minha mãe.

— Porque pensei que talvez o Naoshi goste de roupas mais sóbrias. E chama a atenção, não chama?

— Falando nisso, por que ficou tão obcecada com esse cara, se nunca falou com ele?

— Ué, deve ser porque ele é absurdamente bonito.

— Nada disso. — A Poltrona dá uma risada maldosa. — É que você já conhece ele faz tempo.

Ela se sacode de tanto rir. O veludo, gasto em alguns lugares, estremece. É uma poltrona cinza, estampada com pequenas flores. Nunca me sentei nela, porque desde o dia em que cheguei a esse apartamento ela já saiu falando. Mas, só de olhar, já dá para saber que as molas estão estragadas.

— É um fato, vocês já se conheciam.

A Poltrona dá dois ou três passos para o lado.

— Então por que me esqueci disso?

— Porque foi justo aí, quando as coisas não deram certo com o Naoshi, que começou sua sequência de fracassos. E, também, você demorou uma década pra perceber que ele estava interessado de verdade, quando vocês se conheceram.

— Ele me deu um fora?

— Não.

A Poltrona fica zanzando pela sala.

— Então, quando você diz que as coisas não deram certo, quer dizer que nós dois nos desentendemos e terminamos? Não é possível que tenha sido eu que dei um pé nele.

— E se tiver sido, o que você vai fazer? — A Poltrona segura o riso.

— Mas, como...

— Hehe, estou só te assustando.

— Isso, esse erro, não é algo que acontece *comigo*, com este eu que está aqui *agora*, é?

— Bom, dá pra dizer que sim... — diz a Poltrona, pensativa, e retorna para a posição original.

— Foi algo que fiz em um mundo paralelo, não foi? Quantos anos *eu* tenho lá agora?

Essa pergunta me parece idiota tão logo a faço. Como definir de qual *agora* estou falando?

— Mais de trinta, acho. E está presa numa espiral, se arrependendo do que fez. Você se sente como aquela última música que colocou hoje pra tocar no Seaside Club. Parece que está ficando meio maluca.

— Puxa, muito obrigada, hein.

— Não precisa me agradecer.

— Acho que aqui também estou ficando maluca.

— Por quê?

— Bom, estou conversando com uma poltrona.

— Tem portas ou micro-ondas que falam, às vezes.

— Mas aí é porque as pessoas os fizeram desse jeito.

Já passou das sete.

Quando estou sozinha, às vezes tenho preguiça até de cozinhar. A Poltrona não come nada. Além disso, sou muito seletiva para comida. Minha aversão a frutas e hortaliças talvez venha do fato de que minha mãe sempre me obrigava a comer essas coisas. Ela ainda acrescentava que elas ajudavam na aparência física, e que meninas feias tinham que se esforçar mais.

Encontro três pedaços de bolo, sobras de dois dias atrás. Engulo os três.

— Você vai sair, não vai? — pergunta a Poltrona. Ela sabe de tudo.

Quando termino de tomar banho, estou exausta. Visto um pijama e me deito na cama. Na mesa de cabeceira, os ponteiros do relógio mostram que falta pouco para as oito.

— Você tem que se vestir e se maquiar.

— Estou acabada. Fica quieta um pouco.

— A verdade é que você está com medo. Achando que vai cometer os mesmos erros de antes.

Há um tom de chacota na voz da Poltrona.

— Pode ser. Mas, *da outra vez*, por que isso aconteceu?

— Porque você era muito insegura. Afinal, Naoshi estava sempre cercado de garotas, com aquela cara de tédio. Além disso, como você é orgulhosa demais, tomava cuidado para ele não perceber seus sentimentos. Nunca nem te passou pela cabeça a possibilidade de que *ele* fosse inseguro também.

— Como é? — Ergo o corpo num sobressalto. Mas entendi o que a Poltrona disse. Ela sabe disso, então não responde a minha pergunta.

Oito e dez.

Será que Emi já saiu de casa? Penso em telefonar para confirmar. Só penso, mas não faço nada.

— Até quando você pretende ficar neste planeta? — pergunta a Poltrona, uma meia hora depois.

— Quero ficar pra sempre.

— Acho que todo mundo pensa assim... Mas não dá pra fazer isso. Você tem que *levar a vida*. Cozinhar, limpar a casa, dar remédio pras crianças quando ficam resfriadas, sair pra trabalhar.

— Por que tenho que fazer tudo isso?

— Bom... Não sei bem por quê. — De repente, a Poltrona se torna mais gentil.

Não sei bem por quê, repito comigo mesma. Então ajeito o travesseiro e apago a luz. Entoo um encantamento: dorme, dorme. Desaparece logo, mundo.

Dois dias depois, vou ao Anjo da Sexta. Está tocando *"Heroin"*, o que me alegra, mas não encontro Naoshi.

— Acho que ele estava aqui agora há pouco — berra Emi. Não dá para escutar nada se você não gritar. — Veio com aquela menina.

Ela aponta uma loira que dança no centro da pista. Não é a mesma com quem o vi no porto.

Vou até o balcão e pego um Seven Up. A luz estrobo que reflete por todo o espaço deixa o movimento das pessoas truncado. Parecem cadáveres, imobilizados em cada flash de luz.

A iluminação muda, fica mais psicodélica. Vou para a porta, atravessando a multidão (pois quero examinar a menina loira). Ela não é particularmente bonita (mas eu também não sou *particularmente* bonita).

Encontro Naoshi sentado sozinho nas escadas.

— Por que você não entra? — pergunto, ainda de pé. Ele responde com o rosto voltado para baixo. Eu não escuto.
— Quê?

Ele repete. O som que vaza pela porta encobre as palavras dele e não consigo entender o que diz. Persistente, repete mais uma vez a mesma coisa (acho):

— Só vim porque ela insistiu. Não gosto que as pessoas me vejam.

Fico calada.

Naoshi parece ter chegado neste planeta na mesma época que Emi. Ele é famoso, então logo descobri seu nome. Sua fisionomia e seu jeito de agir chamam muito a atenção. É belo de uma maneira excêntrica e, além disso, não há dúvida de que é mestiço. Fruto da primeira geração de crianças mestiças de humanos e extraterrestres. E o cabelo dele é praticamente verde, então fica claro que nele o sangue *de lá* é muito mais forte.

É inexpressivo e sombrio. Tem o olhar vazio e brutal de quem não tem mais ânimo nem para brandir facas, nem para rezar.

Tomo um gole da pequena garrafa de refrigerante e a entrego a ele. Os olhos grandes, onde se enxerga o branco ao redor de toda a íris, me encaram de volta. São assustadores, como os olhos de vidro de um boneco. Os cílios abundantes também são verde-escuros.

Ele bebe um gole do Seven Up, comportado.

— Por que será que as garotas sempre querem ir aonde está cheio de gente? Eu preferia ficar quieto, sozinho com ela.

— É que ela quer te exibir.

Naoshi enfia no cabelo a mão grande, de dedos longos.

As músicas da moda ressoam do outro lado da porta. Acho engraçado o jeito superficial e vazio como as pessoas tocam. As melodias não têm cadência e as frases são intermináveis. Pelo jeito, as músicas antigas, imponentes, obedecendo à proporção áurea, não combinam com os dias atuais.

— Ultimamente — falo, devagar — não consigo saber o que é felicidade e o que é prazer.

Naoshi ergue o rosto.

— Bom... Se for gostoso, qualquer coisa é prazer. — Ele ri sem entusiasmo. — É só isso.

— Parece que você leva uma vida bem direta.

— É, bem... Problemas eu tenho de sobra, e costumava ficar remoendo tudo. Até que, de repente, desisti de pensar. Depois me disseram que era por causa da doença. Que ela estava destruindo minhas células cerebrais e com isso minha capacidade de raciocínio estava diminuindo.

Fala como se fosse sobre outra pessoa.

— Que doença?

— Sou viciado em drogas.

Ele responde sem rodeios e se vira para me olhar. Quer ver como reajo. Faço o possível para não mudar de expressão.

Naoshi fica de pé.

Acompanho o olhar dele e vejo um menino absolutamente ridículo parado na base da escada. Esse aí se esforçou *mesmo* para ficar estiloso. A bandana amarrada na coxa é um toque especial. Que desastre.

O garoto sobe a escada pisando com cuidado em cada degrau. É bem mais baixo que Naoshi, mas maior de largura. Um fortinho sofredor.

— Preciso falar com você, cara — anuncia o menino, com a voz rouca.

Isso não vai prestar, eu penso, e enrijeço o corpo.

— Nem te conheço — Naoshi parece estar pensando rápido.

— É sobre uma garota — o menino lança um olhar para o meu lado. — Essa aí.

— Como é que é? — intervenho.

— Não mexa com a mulher dos outros! — Ele olha para nós dois.

— De onde você tirou que eu sou sua?

— Não precisa esconder. A gente se cruzou na rua duas vezes e eu vi os sinais que você me mandou! Disse que falta pouco pra este mundo se acabar e me convidou pra assistir à destruição junto com você. Eu estava me preparando pra isso, e agora te vejo aí trocando confidências com outro cara.

— Você está maluco!

Naoshi solta o ar devagar

— Tá todo mundo louco.

O garoto tenta agarrar meu braço.

Ele rola escada abaixo. Ao meu lado, Naoshi solta um grito, e o menino cai estatelado no patamar.

Pelo visto, fui eu que o derrubei, com um chute da minha bota. Meu corpo se moveu sem que eu pensasse. Fico imóvel, chocada com minha própria ação.

— Ele desmaiou?

Naoshi está perfeitamente calmo:

— Não bateu a cabeça, está tudo bem.

O menino levanta desajeitado, tentando manter a pose.

Emi aparece na porta.

— Quer ir comer alguma coisa? Ué, você está aqui? A loira está te procurando.

Enquanto se afasta, Naoshi pergunta, tímido:

— Posso passar na sua casa amanhã?

— Que horas?

— Depois do almoço.

Ele volta para dentro do clube.

Apoio o corpo na parede.

— Queria que parassem com isso.

— De brigar?

— Não, essa parte fui eu. É outra coisa...

— Você está tremendo.

Emi passa o braço ao redor dos meus ombros.

Abro a boca para dizer algo e fecho novamente.

— Vamos embora — encoraja Emi.

Quando passamos pelo patamar da escada, o menino fortinho ainda está sentado, me olhando perplexo.

*

Nuvens cobrem o céu noturno.

Vamos caminhando em meio à brisa morna.

As ruas são largas, os edifícios, escuros. Às vezes, vemos o brilho difuso dos neons de um drive-in ou de uma discoteca.

— Esta cidade é tão nostálgica... — Emi põe em palavras o que estou sentindo. — Sempre achei que não levava jeito pra sentir as coisas a fundo.

— Você nunca vai ser popular se não fizer isso. Vai passar a vida em segundo plano.

Atravessamos a ponte. Há barcas atracadas no rio. A rua da margem está em obras, e a silhueta de um guindaste se ergue no escuro, como um dinossauro. Numa estrada distante, os faróis dos carros desenham um colar, acompanhando as curvas.

É uma paisagem desolada, muito diferente da avenida da orla. A nostalgia que me causa, no entanto, é semelhante.

— Mas nos últimos tempos tenho sentido tudo intensamente. De verdade.

— Então quer dizer que até hoje você fingia coisas que nem estava sentindo, só pras pessoas verem?

— Acho que dá pra dizer que sim. Não quer entrar ali, naquele toldo laranja?

É um pequeno café 24 horas, de janelas pequenas, meio deserto.

Emi e eu escolhemos uma mesa próxima à janela. O garçom traz o cardápio. Por preguiça, pedimos combos de comida e bebida.

— E que tipo de sentimento é esse? Tem vários tipos, não tem? "Pareço uma mulher de antigamente", ou "toda mulher é frágil"...

— Não dá na mesma? — responde Emi, com um bico.
— Todo mundo acha que é especial quando fica comovido. Talvez seja parecido com o que você sentiu quando chorou vendo a paisagem em Yokohama. Não sei. Depois de momentos assim, acho mais fácil me perdoar. E à minha mãe também.
— Quando a gente aceita a situação, dá um alívio.
— É. Mesmo que não resolva nada. Com a minha doença também é assim. Quando voltar pra Terra, talvez eu fique doente de novo, talvez não. Não tem o que fazer. Isso de querer resolver tudo é uma tendência ruim.

Emi fala com o rosto voltado para o lado.

Chega o meu pedido. Junto com a comida e a salada, servem uma taça pequena com vinho cor-de-rosa.

— Está incluso? Não falava nada no cardápio.

Emi enrosca o lenço nos dedos. Pouco depois, chega o prato que ela pediu. Também vem acompanhado de uma taça de vinho.

— Estão me testando!

Ela estica o lenço até parecer um barbante e estrangula os dedos com tanta força que já perderam a cor.

— Ah, não tem problema — começo a dizer, mas sou impactada pelo fulgor dos olhos dela. Brota deles uma força tão intensa que parece capaz de perfurar o copo.

Emi desvia o olhar e puxa o lenço, machucando os dedos. Suas mãos tremem.

— Por acaso, é você que...

Ela ergue o rosto. O rancor contido nos olhos transborda e escorre junto com as lágrimas.

— Sim, o que contei da minha mãe era sobre mim mesma. Não é que eu tenha mentido de propósito. É só que é doloroso demais e eu não conseguiria admitir esse meu lado se não o chamasse assim, de mãe. A gente vem pra este planeta dormindo, não é? Acho que, enquanto dormia, passei por algum processo psicológico.

Me levanto, contorno a mesa e me sento ao lado de Emi. Há uma distinção clara entre alcoolismo e vício em drogas, apesar de os dois serem formas de dependência química. É evidente que quem gosta de álcool necessita mais das outras pessoas. São muito mais carentes do que quem sofre de drogadição. Quem não consegue ficar sem remédios para dormir ou analgésicos pode até fazer isso por ser muito sensível e delicado, mas é inegável que são pessoas mais frias.

Mas por que será que sei de tudo isso?

Emi continua a verter lágrimas.

— Não estou triste, viu? Nem um pouco. Compreendi só agora que minha mãe alcoólatra era eu mesma, mas não posso dizer que esteja triste.

— Tá bom.

Alcanço minha bolsa e pego um lenço. Emi usa o dela para assoar o nariz, depois agradece e aceita o meu, limpo.

— Posso usar?

— Pode.

O choro está diminuindo. Ela seca embaixo dos olhos com delicadeza e tenta sorrir.

— É gostoso chorar.

— É.

— Vou voltar pra Terra amanhã. Então minha doença é essa, o alcoolismo. Acho que consigo me virar — diz ela, a voz baixa, mas clara.

— Nossa, como assim, amanhã?

— É melhor ir de uma vez. Fala pro dono do Seaside Club, tá? Ele foi muito gentil comigo.

Eu me sinto perdida, pois conto muito com Emi. Conheço bem minha natureza — logo me torno dependente de qualquer pessoa que cuide bem de mim. Só que Naoshi não parece capaz de me dar apoio.

— Com certeza ainda vamos nos ver de novo.

Escuto desanimada suas palavras enquanto encaro as taças de vinho com fúria, como se nosso destino estivesse contido nelas.

Faz muito pouco tempo que adormeci, quando desperto com alguém batendo de leve na porta.

— O sol mal acabou de nascer — resmunga a Poltrona.

Encontro Naoshi parado à porta. Ele estica o pescoço longo e ergue o rosto, o cabelo caindo sobre os olhos.

— Achei que você não estivesse em casa.

Um sorriso discreto brota em seus lábios fartos.

— Por quê?

— Porque está cedo demais.

Ele sorri de novo, com timidez, depois dessa resposta incoerente. Está um pouco trêmulo e parece cansado.

— Entra.

Ele se recosta no sofá.

— Como você sabe onde moro?

— Encontrei a Emi agora há pouco. Ela estava carregando uma mala. É uma garota bonita.

— Está acordado desde ontem?

— É. Logo mais vou pra casa.

— Você prefere café ou chá? Tem chá de jasmim, também.

Ele se deita no sofá e fica encarando minhas pernas expostas. Depois de um tempo responde alguma coisa sobre como café faz mal para a saúde.

— E as drogas que você usou hoje não fazem?

Coloco água para ferver.

— Não aguento mais recomeçar — murmura, como que para si mesmo. Eu abro a lata de chá de jasmim. — Já recomecei tudo de novo tantas vezes.

Da cozinha, vejo apenas o cabelo verde.

— Inclusive, já deve ser a quarta vez que venho pra cá recomeçar.

Pego uma xícara no armário.

— É a quarta, mesmo — confirma a Poltrona. Quase deixo cair a xícara. — Refazer as coisas é impossível. Você só passa por uma experiência que parece com isso, mas no fim das contas tem que desistir.

A voz da Poltrona soa estridente e metálica. Fico paralisada, mas Naoshi não parece se incomodar.

Minhas mãos tremem enquanto faço o chá. A Poltrona acrescenta em voz mais baixa:

— Recomeçar é isso, desistir.

Naoshi abre os olhos grandes e indiferentes e me observa enquanto pouso a xícara sobre a mesa. Então se senta e solta um suspiro que poderia conter a alma inteira. Levanta as pálpebras de cílios fartos, displicente:

— Estou gostando cada vez mais de você. Depois de te encontrar várias vezes, aqui neste planeta.

— Lá vai ele, falando qualquer asneira — intervém a Poltrona.

— É bem simples, sabe? Pra mim, esta é a quarta vez que recomeço. Na terceira você não apareceu, não sei por quê. Acho que há muitas variações possíveis.

É evidente que ele não está escutando o que a Poltrona diz.

— O resultado é que me tornei um fatalista. Posso seguir por caminhos diferentes, mas meu eu atual nunca muda.

— Você viaja no tempo, então?

— Não.

Naoshi balança a cabeça.

Sento-me na cama e tomo meu chá.

— Pensando bem, vejo que não sofro tanto assim — comenta Naoshi consigo mesmo.

— Mesmo sem pensar bem já daria pra saber disso — palpita a Poltrona.

— Eu imaginava que você era um cara mais introvertido e quieto.

— No mundo exterior, eu sou. E também, agora estou *alto*.

Me levanto e me sento aos seus pés.

— O que é "recomeçar" concretamente?

— Você já vai ver — responde ele, numa voz baixa e preguiçosa.

— Olha só, é o seguinte — começa a Poltrona.   Você quer que ele fale de novo que gosta de você. Mas não adianta. Ele pode dizer cem vezes, você não vai ficar satisfeita. Nem se ele dissesse mil. Isso porque você não o ama, entende? Nem um pouco.

Como a Poltrona fala desse jeito sobre amor? Ela não tem vergonha?

E mesmo assim, faço pose de meiga (inclino a cabeça para o lado e tudo o mais) e pergunto a Naoshi:

— O que é amor?

— Não é isso aqui?

Ele estende o braço, pousa a mão na minha virilha por um instante e logo a afasta. É um gesto tão casual que não consigo nem soltar uma exclamação.

— Sou um homem direto demais, né?

Se eu fosse um pouco mais incisiva, ele faria qualquer coisa que eu quisesse. Naoshi já abriu mão da vida faz tempo, se isolou no conforto da intoxicação. Só assiste, indiferente, a si mesmo sendo arrastado para um lado ou para outro. Além disso, não tem nenhum interesse em compreender as outras pessoas. Me usaria da mesma maneira que se usa uma guitarra favorita. Sem nenhuma intenção de magoar. Na maior inocência.

Mas tudo bem se ele pensa assim, eu não ligo.

— Liga, sim — intervém a Poltrona, *na minha mente*.

Quero ele para mim.

— E por acaso acha que assim vai conseguir evitar todos os seus fracassos? — continua a Poltrona.

Eu sei, eu sei. Mas é alguma coisa ainda mais premente que o amor, que me faz desejá-lo desse jeito.

No fundo, para mim ele é...

— O símbolo de uma época. — A voz dentro da minha mente já está deixando de ser da Poltrona. — Para piorar, de uma época fictícia, que você inventou sozinha.

— Posso ficar aqui mais um pouco?

De repente Naoshi parece desanimado. A memória retorna: ele já me perguntou a mesma coisa antes. Eu tinha vinte anos quando isso aconteceu. Incontáveis dias e meses se passaram desde então.

— Quer deitar na cama?

— Quero. — Ele começa a se despir.

Abro uma fresta da janela e olho para fora. Já nasceu um dia novo e brilhante. Eu provavelmente vou voltar para a Terra. Se conseguir desistir por completo. Já não me importo mais se estou alegre ou triste. Se possível, gostaria apenas que a paisagem (onde quer que eu estivesse) fosse bonita.

— Você não vai deitar? — Naoshi me chama para a cama. Ergo o cobertor e me deito ao seu lado.

Ele abraça meu pescoço, me puxa para perto de si e diz na sua voz grave e gentil que deve usar com qualquer uma:

— Tudo bem. O mundo não vai acabar. Querendo ou não, ele continua até a gente não aguentar mais.

Quando abro os olhos, o dono do Seaside Club está examinando meu rosto.

— Como você está se sentindo?

— Não estou mal. Não muito.

Ele é um médico, e aqui é a Terra.

— Mas não conseguiu o que você queria. — Ele está um pouco preocupado.

— Aceitei que está tudo bem, mesmo que eu não consiga.

Dá para ver um céu desbotado pelas cortinas abertas na janela. A luz que entra por ela é fraca.

— Aquele planeta não existe de verdade, existe?

— Não. É um conteúdo pré-programado que inserimos no cérebro. Nós não queríamos criar um mundo de fantasia, onde tudo fosse como a pessoa deseja.

— E quando alguém não quer voltar?

— Nós acordamos o paciente à força. É bem doloroso, psicologicamente.

— Todos os turistas, os que usavam as pulseiras de prata, eram pacientes, certo? E os outros personagens eram só imagens, criações.

— Emi acaba de ter alta, mas deixou o contato dela pra você. Diz que quer te ver de novo.

Aqui ela deve ter trinta e seis anos. Naoshi não deve mais estar na clínica, pois deixou aquele mundo três dias antes de mim.

Eu me levanto.

Não preciso nem olhar no espelho para saber. Que sou uma dona de casa com mais de trinta anos, irritadiça mas apática demais para fazer qualquer coisa. Ou que moro nos apartamentos populares horrorosos que vejo pela janela.

O médico vai embora.

Eu troco de roupa.

Meu marido está esperando por mim no corredor.

Naoshi está tão acabado, um ogro comparado ao que costumava ser. Ele começa a caminhar, sem dizer nada.

Dou a mão para ele como não fazia havia muito tempo.

— Não vá mais pra aquele planeta, por favor. É ruim demais ter que recomeçar.

Ele resmunga uma resposta indistinta.

O crepúsculo lá fora é feio.

A FUMAÇA ENTRA NOS OLHOS
Tradução: Rita Kohl

Eu estava só matando o tempo. Já tinha limpado a casa, feito a comida, arrumado a cozinha, e aí não tinha mais nada pra fazer, então fui ao fliperama, entende? Fiquei lá jogando sozinho.

Percebi que alguém se aproximava às minhas costas. Não fez sombra no jogo nem nada assim, mas é que sou sensível pra essas coisas. Tinha alguém parado, me observando. Fiquei encucado e virei pra olhar.

Era uma tia de uns sessenta e poucos anos. Meio encardida, com o cabelo ressecado. Usava um casaco com cara de saco de batatas. Será que era funcionária do fliperama?

— Tá ganhando? — A velha sorriu e, num instante, seu rosto virou um mapa topográfico.

Hã? O que essa velha quer?

— Toma, pra você.

Ela tirou do bolso um punhado de fichas.

— Ah, puxa, obrigado!

Aceitei as moedas e respondi com minha falsidade habitual. Sou perito em agir como as pessoas esperam. Quando eu era criança, minha vó dizia que eu parecia um animador de festas.

— Posso mesmo?!

Ela não disse nada, só sorriu de leve, e covinhas profundas surgiram ao lado dos lábios dela. Eram tão sensuais que minha pele se eriçou num calafrio. Não soube dizer se era agradável ou desagradável. O que estava acontecendo? Pelo visto, covinhas de senhora eram mais potentes que as de uma garota. Será que no fundo eu era um pervertido? Conheço um cara de dezenove anos que só se interessa por alguém do sexo oposto se tiver menos de seis anos ou mais de sessenta, não consigo entender qual é a dele. Será que é assim que ele pensa? O pior é que estou achando que conheço essa senhora de algum lugar.

— A gente já se viu antes, né? — perguntei, para testar as águas.

— É.

A tia não estava mais sorrindo. Será que ela parecia com alguma velha do meu bairro? Meus vizinhos de apartamento eram quase todos homens solteiros. Também não devia ser amiga da proprietária. Por mais que eu pensasse, a realidade é que não conhecia nenhum bebê e nenhuma velha. Minha mãe estava na casa dos quarenta, minha vó já tinha morrido e no resto da minha família não tinha ninguém daquela idade.

Por mais uns dois minutos, tentei afastar essas ideias e continuar jogando. Queria que ela fosse embora logo, mas ela não parecia ter intenção alguma de fazer isso. Tive que parar, pois sou do tipo que não consegue ignorar a presença dos outros.

Ela estava séria. Talvez fosse impressão, mas eu diria que ela me olhava com certa obsessão.

Essa não, será que ela gamou?

— Escuta, o quê...? — perguntei, ainda desorientado.

— Como você é esquecido — disse ela, com suavidade.

De repente, eu me lembrei: Leiko. Saímos juntos uma época, quando eu tinha vinte anos e ela, trinta e um. Depois passei um tempo bem preocupado, à minha maneira, pensando o que teria acontecido com ela.

Mas aquela senhora não podia ser a Leiko. Sendo tão parecida assim, vai ver era a mãe dela.

Ela reparou na minha expressão e assentiu com a cabeça.

— Não quer ir comer um cheesecake? — perguntou, numa intimidade desagradável.

Será que era uma armadilha? A velha ia me capturar e me interrogar sobre a Leiko? Revivendo a culpa que senti naquela época, essa foi a primeira ideia que me ocorreu.

— Não, saindo daqui eu tenho que trabalhar.

Ainda assim, consegui recusar sem titubear, como se falasse a verdade.

— Ah, jura?

A forma como ela erguia as sobrancelhas era igualzinha à Leiko. Não era normal mãe e filha se parecerem tanto assim. Será que Leiko era fruto de uma concepção imaculada? Me recordei de um professor de ciências falando algo sobre o assunto na escola. Disse que se você consegue, de algum jeito, estimular a divisão celular de um óvulo, pode gerar uma criança sem participação de um homem. E que nesses casos nascem sempre meninas, idênticas às mães. Será que era verdade? Tinha cara de lorota, o professor devia estar inventando.

— Escuta, eu tenho que ir, então...

Entreguei as fichas na mão da velha. Ela não desgrudou o olhar insistente de mim. Tinha alguma coisa esquisita ali. Fui embora correndo.

*

Entrei na salinha envidraçada. Meu trabalho era aguardar ali para o caso de uma máquina quebrar ou surgir alguma reclamação.

Peguei um cigarro e o acendi. Nenhuma lâmpada vermelha estava acesa, pedindo minha assistência.

Talvez ele não tivesse me reconhecido. Jane não tinha mudado muito, nesses três anos. Enquanto eu tinha envelhecido tanto... Acho que uns trinta anos. Meu corpo estava velho de verdade. Era inacreditável. Nas raras vezes em que eu tentava passar maquiagem, ela se acumulava toda nos vincos da pele. A base insistia em penetrar nas rugas, por mais cuidadosa que eu fosse. Quanto mais produtos passava, mais evidente ficava o padrão talhado no meu rosto.

Nem eu mesma conseguia acreditar.

Esse fliperama não era o tipo de lugar que me contrataria. Devem ter contratado porque, segundo minha documentação, eu ainda não tinha nem quarenta anos. No currículo, escrevi apenas o número de identificação prateado que todo mundo tem gravado abaixo da clavícula e omiti o fato de ter recebido aquele tratamento na clínica psiquiátrica. Já tinham pagado meu salário semanal uma vez, mas provavelmente descobririam em breve. O que eu faria se, dali a uns três dias, me mandassem embora?

Ali dentro não havia dia nem noite. Hordas de garotos e garotas vinham com suas roupas esvoaçantes e ficavam jogando sozinhos.

O tempo poderia voltar a correr numa velocidade insana a qualquer momento. Era por isso que eu não parava de checar o relógio na parede, irrequieta. Também dava para dizer que seria bom se o tempo voltasse a disparar daquele jeito, pois assim eu poderia morrer de velhice. Não conseguia imaginar outra forma de morrer, todas me apavoravam. Eu tinha medo da morte.

A música ambiente acabou e ia recomeçar, então troquei de fita.

O que é isso? Que música antiga! "O T.P.O. da paixão", de Haruo Chikada. Eu a ouvira junto com Jane, muito antes. A letra não tinha muito a ver com paixão, era mais sobre casinhos, jogos e amor livre. Sobre um homem enganando mulheres sem culpa nenhuma, "com o coração leve e lágrimas nos olhos".

Não aconteceu nada no trabalho. Até o fim da tarde eu fumei dois maços de cigarro e fiquei só ouvindo música, à toa. Minha vista estava me incomodando. Será que era excesso de cigarro, ou de idade? Secando os olhos com o dorso das mãos, peguei o metrô para sair daquele nível.

Caminhei mais um pouco até chegar na quebrada. Restaurantes e barracas feios se enfileiravam. Parei em um deles e o tio que trabalhava lá me lançou uma olhadela antipática. Me sentei numa cadeira desconjuntada de madeira e fiz meu pedido.

Ao meu lado havia dois homens jovens, completamente diferentes do tipo que frequentava o fliperama. Os garotos de lá tingiam partes do cabelo, enrolavam fitas brilhantes pelo corpo, pareciam mais bonecos do que criaturas vivas. Os dois ao meu lado cheiravam a suor e tinham as testas franzidas.

— A vigilância é fraca, lá — dizia um deles. Soava alcoolizado.

— A gente consegue fazer umas quatro ou cinco e cair fora, rapidinho. Coisa de menos de cinco minutos.

— Mas que mixaria, hein. Ir atrás de máquinas de bebida...
— Até que dão uma grana boa, viu.
— Só que vestidos desse jeito a gente chama muita atenção.
— Ah, isso é fácil. É só arranjar um corte de cabelo meio bizarro e amarrar umas fitas pela roupa.
— Já faz umas três semanas que eu não tiro essa calça. Tá ficando imunda.

Fazia uma noite feia.

Paguei a conta e saí. Minha toca do momento ficava num prediozinho de quitinetes, no meio de uma ladeira tortuosa. Tirei o sapato e reparei que a sola tinha um furo. Por isso que meu pé andava sujo.

Dizer que o apartamento estava bagunçado seria pouco. Tinha feito uma única faxina, quatro meses antes. O chão estava cheio de revistas, que eu recolhia das latas de lixo do terminal. Toda a iluminação vinha de uma lâmpada fluorescente pendurada no teto, dois círculos concêntricos. Não tinha nenhum abajur ou coisa assim. Eu deixava a luz acesa ao sair de casa, porque era triste chegar no apartamento escuro de noite, sozinha. E, se eu entrasse com a luz apagada, certamente tropeçaria ou pisaria em algo.

Ao me despir, vi as dobras horizontais que pendiam na minha barriga. Eram muitas. Pincei uma delas com os dedos. Uma sensação desagradável, como erguer a beirada de um *futon* empilhado. Não imaginava que meu próprio corpo pudesse ser tão nojento.

Envelheci rápido demais, não deu tempo de me habituar. Continuo me questionando: essa sou eu, de verdade? Não me conformo.

*

Fazia uns seis meses que eu tinha me divorciado pela terceira vez. Estava trabalhando num jazz café havia pouco tempo. Trabalhava dia sim, dia não, da hora do almoço até as onze da noite.

— E o que o seu cara anda fazendo?

A dona do bar encheu o próprio copo de Cinzano. A qual cara será que ela se referia?

— Mas você se casa tanto, hein! Um marido depois do outro. Não sabe fazer mais nada? — um dos clientes entrou na conversa.

O balcão desse bar era animado. As pessoas que se sentavam nas mesas dos boxes costumavam ser mais caladas.

— Você vê só? O fato é que não sou do lar, mas demorei dez anos pra perceber isso. Já estou com trinta e um!

— Nunca pensou que podem ser os maridos que não prestam? — disse outro cliente.

— É que quando alguém vem atrás de mim, não consigo dizer não. E, pra piorar, sou do tipo que acha charmoso gente desequilibrada. É um problema.

Comecei a lavar a louça.

— Você não vai mais dançar?

Esse cliente sabia do meu passado. Antes de me casar pela primeira vez, eu era bailarina em espetáculos de cabaré.

— Ah, já estou há muito tempo fora...

Uma pequena dor me atravessou. Desde criança, sempre adorei dançar. No começo da adolescência, passei muitas tardes sozinha no ginásio da escola, depois da aula, inventando coreografias absurdas. Não era dança moderna nem jazz. Não importava o estilo, eu só me movia de acordo com qualquer música que meus ouvidos escutassem naquele momento. Não tinha sapatilhas de ponta, então às vezes minhas unhas se partiam, deixando os pés ensanguentados.

— Nesse tipo de dança não importa muito se você tem talento ou não, entende? A única questão é se você é bonita.

Esse sonho, que eu nutrira por tanto tempo, já tinha desmoronado havia muitos anos. Só que eu não quis reconhecer esse fato.

— Você ainda é bonita — disse a dona do bar. Essa mulher tinha um afeto um pouco incompreensível por mim. Ela mesma parecia estranhar, mas seja como for, me dava vários vestidos e bolsas.

— Você continua usando? Devia parar com isso.

— Continuo, sim — respondi claramente, com a voz grave.

Fazia alguns anos que esse remédio tinha sido qualificado como narcótico. Agora eu conseguia por baixo do pano, pagando a uma amiga farmacêutica.

— Dizem que os efeitos colaterais desse negócio são terríveis. Que se você usa demais, ele vai destruindo o corpo, faz você envelhecer numa velocidade muito maior do que as outras pessoas.

Mas eu gostava tanto dessa droga. Ela fazia minha ansiedade desaparecer. Quando eu estava quase morrendo de tédio, fazia o tempo passar mais rápido. Às vezes também tinha o efeito contrário.

Talvez o remédio tenha sido um dos motivos do meu último divórcio. Não, não foi isso, acho que comecei a usar justamente porque o casamento já não ia bem. Qual dos dois? Sei lá, tanto faz.

A porta do bar se abriu e um menino entrou. Tinha o cabelo comprido e um rosto feminino. Era magro e sua camisa, uma combinação horrível de rosa com bolinhas amarelas, pendia solta no corpo. Ih, era meu tipo. Tenho um gosto péssimo, não adianta. Atualmente as garotas têm preferências estranhas. Os únicos que gostam de homens bem másculos são os homossexuais padrão.

— Quanto tempo — cumprimentou a dona.

O cara pediu uma cerveja, bem-humorado.

— Essa aqui deve ser a Leiko, né?

Ele se sentou à minha frente.

— É, ela era dançarina.

Pelo jeito, a dona não gostava muito do rapaz.

— Eu seeei! Tinha uma queda por ela, há muito tempo.

Coloquei um cigarro na boca e o menino o acendeu. Como ele poderia saber, se era coisa de uma década atrás? Ele não podia ter mais do que doze anos na época.

— Eu fui bem precoce — acrescentou.

Ao notar que eu movia os dedos de forma estranha, me ofereceu a toalhinha úmida servida aos clientes. É um sujeito mais sensível do que a média, pensei. A droga fazia minhas palmas suarem muito, eu lavava as mãos mais de vinte vezes por dia.

A conversa continuou por algum tempo, sem ninguém pedir mais nada para beber.

Fiquei um pouco nauseada e fui até a pia do banheiro. Meu estômago andava péssimo, eu não sabia se era por causa da insônia constante ou por causa da droga. Vomitei um pouco, trêmula. Ao levantar o rosto, achei que estava esverdeado. Não conseguia ver detalhes, por ser terrivelmente míope, mas sabia que minha pele estava muito ressecada. Peguei o pó compacto e passei na ponta do nariz.

Quando voltei para o balcão, estava sentindo um aperto no peito. O jovem notou que eu agarrava meu próprio punho e pediu para tocá-lo e medir meus batimentos.

— Nossa, devo ter contado errado.

Ele repetiu a contagem. Não era um engano.

— Está cento e quarenta por minuto.

Respondi com um murmúrio desinteressado.

— O normal é entre sessenta e oitenta!

Querendo mudar de assunto, comentei que aquela música até que era boa. A dona do bar conteve o riso e apontou a capa do disco. A música "até que boa" era *A Love Supreme* do Coltrane. Eu não estava batendo bem. Cometi a mesma gafe mais tarde, na mesma noite:

— Ouço muito essa aí. Como chama, mesmo?

— Hum... Não lembro o nome, mas é muito famosa — disse o jovem, com a expressão sorridente de sempre.

O entusiasmo desse garoto tinha algo de fingido. Parecia estar se esforçando para agradar.

— É *bem* famosa. É *"Last Date"*, do Dolphy. O que você tem? Está esquisita — disse a dona, encolhendo o queixo.

— Minha cabeça está estranha — respondi, sem inflexão na voz.

— Então deixa eu te acompanhar até em casa! — sugeriu o menino. — Aqueles que se oferecem com segundas intenções, só pra te levar pra algum canto escuro.

Ele riu mostrando as gengivas.

*

No meu sonho ele apareceu como uma mulher chamada Jane. Quando acordei, percebi que me observava com um olhar intenso. Tinha olhos maiores do que o necessário, então aquilo era assustador. Me virei na cama e ele deu uma risada evidentemente falsa. Pegou uma escova de cabelo:

— Quer que eu desembarace seu cabelo? Eu sou bom com essas tarefas delicadas. Sei fazer tudo de casa, sou mais jeitoso que a maioria das mulheres... Sou desses que não precisam de ninguém pra viver, sabe? Do tipo de homem que não vai se casar.

Jane tagarelava sobre qualquer coisa que nem pensava de verdade. Ele caía sozinho nuns buracos, às vezes. Você ficava só olhando e depois de um tempo ele rastejava para fora de lá e começava a fazer graça. Não dava para saber o que realmente se passava na cabeça dele.

— Você é bonito.

Falei, enquanto ele mexia no meu cabelo.

— Imagiiiina! Eu odeio meu rosto. É sorridente demais.

— Mas do lado de dentro é um nojo, né?

Jane estava com o pescoço dobrado, para desembaraçar a lateral do meu cabelo, então não pude ver sua expressão.

— Deve ser por eu ser tão falso... Sempre fui assim, desde criança. É que não consigo confiar nas pessoas. Tenho a convicção de que ninguém nunca vai gostar de mim. Por isso, mesmo querendo afeto, não consigo receber. É igual a alguém morto de fome, mas que não consegue comer porque suspeita que a comida à sua frente esteja envenenada.

Ele devolveu a escova ao seu lugar e ficou com uma expressão calma.

— Você tem medo das outras pessoas?

— Tenho. Nunca deu certo. Não tenho amigos próximos. Amigos existem para serem usados. Mas eu sou bom em melhorar o humor das pessoas.

Mesmo prestes a desvanecer, o sorriso continuava estampado no rosto dele.

— Queria poder te ajudar.

— É melhor nem pensar nisso. Com gente como eu, o melhor é deixar como está. E é isso que a própria pessoa quer, também.

O sorriso tinha desaparecido por completo.

— Eu não queria ter esse tipo de relação com você. Se eu soubesse que as coisas iam ficar sérias, não teria entrado nessa. Já está diferente de como costuma ser com as outras garotas... Assim não dá.

— Como são suas relações, geralmente?

— Bem descartáveis. Já parto do princípio de que vai acabar e fico preparado pra fugir sem complicações.

— E depois, como você fica?

— Não fico mal.

Dei um suspiro. Enfiei a mão na bolsa e tateei para pegar a caixinha de pílulas.

— De novo? — Ele franziu o cenho.

— É, já não dá mais.

Me levantei, peguei água e tomei várias, em algumas levas.

— Nossa, mas tantas de uma vez... Me sinto responsável.

— Você diz isso, mas não faz nada.

— Por isso mesmo.

— Você é um mão de vaca emocional.

— Por que será?

Falava como se não fosse sobre ele. O sol começava a baixar. Nós nos encarávamos na penumbra, sem acender as luzes.

— Como é a sensação, com isso aí? É que nem fumar maconha, numa boa?

— Teve uma vez que foi incrível, com maconha. Senti como se eu tivesse surgido junto com o nascimento do universo. Eu sabia que estava conversando com alguém, e podiam ter passado só cinco minutos, mas pra mim parecia cem anos. Só que isso é muito raro. Geralmente, só me dá fome e sono. Isso aqui é mais garantido.

— Você se sente feliz?

— É mais uma euforia. Consigo amar o mundo e as pessoas. Quer tomar também?

Jane recusou, sacudindo a mão.

— Não consigo engolir comprimidos. Fica entalado na garganta.

— E como é, ficar sozinho?

Me apoiei na parede e acendi um cigarro.

— Sei lá, tanto faz.

— Você não se arrepende, nem nada assim?

Sem responder, Jane começou a escolher um videocassete.

— Quer ver a Jean Harlow? A Theda Bara?

Já estava sorridente de novo.

— Você não presta.

— Não mesmo... Ué, *Miragem de amor*? Que eu saiba, o título original é *Diário de uma esposa louca*.

— Quando estou com você, percebo como sou inocente. Ultimamente, ando a própria *Julieta dos espíritos*.

— Ah, tenho esse aí, também.

— Mas é bem esse seu lado desagradável que me dá pena. Fico pensando se não é difícil viver desse jeito. Gosto das pessoas justamente pelos defeitos. Sou uma pessoa muito amorosa.

Dei um leve sorriso masoquista.

— O amor é tudo! Que maravilha é a juventude! Como a vida é linda! — exclamou Jane, do seu jeito frívolo. Depois fez uma encenação exagerada de "estremecer de emoção e desandar em prantos". Eu ri sem ânimo. Pedi para ele fazer caretas de idiota e ele começou na hora. Deixou os olhos vazios, entreabriu a boca e disse com uma voz esquisita:

— Esse é o idiota debaixo da figueira. E agora, o idiota que fica vagando pela rua do comércio...

Comecei a rir, como esperava. Era tingida de tristeza, mas dei risada, mesmo assim.

— Se você não quer ver um filme, podemos ouvir uma rádio pirata.

Ele buscou a frequência.

... recebemos esse pedido, mas não tenho o disco aqui, então vou cantar. Faço um acompanhamento qualquer. Vamos lá: "They asked me how I knew"...

— O que é isso?

— Acho que é "*Smoke Gets in Your Eyes*". Eu já fui *disk jockey*, sabia?

"... my true love was true..."

— Ultimamente, até os apresentadores do noticiário têm jeito de DJ. Me dá nos nervos.

— É a cultura da frivolidade.

— Mas essa música é ótima. Dizem que, quando a Eva Braun fumava, ela cantava essa música, sabia? Porque Hitler não gostava de cigarro.

— Esse tipo de golpista ambicioso como ele costuma ter um lado ascético. Até eu tenho um lado bem estoico. Não ri de mim!

— Você tem alguma ambição?

— Fico pensando que devia tentar entrar pro mundo do entretenimento, porque gosto de aparecer. Acho que é a única coisa...

— Mas você nunca poderia ser ator — declarei. — Afinal, pra ser um bom ator tem que ter muita sensibilidade. Você tem emoções, sentimentos, essas coisas?

— Óbvio que não. Mesmo quando fico grato a alguém, o que acontece é que penso "essa é hora de sentir gratidão" e ativo um mecanismo interno. Nem surpresa eu sinto de verdade.

De súbito, percebi que o espaço que habitávamos (esse conceito incerto) se encolhia e se afastava muito rápido. A vida, como algo vibrante e complexo, mirrava e ameaçava desaparecer. O administrador da alma baixou a cabeça, consternado.

— Ah, Deus foi embora! — gritei.

Seria uma *bad trip*? Talvez por causa dessa conversa horrível?

— Deus está numa fazenda submarina — sussurrou Jane, como se cantarolasse uma música.

Era mesmo. Naquele momento, talvez Deus tivesse abandonado o mosteiro e partido para o fundo do mar.

— Deus existe, pra você?

— Existe.

— Onde?

— Não sei.

— Ele perdoa?

— Não...

Pouco depois, o tempo começou a passar devagar.

Soltei um suspiro.

Que tempo maravilhoso — a alegria da conexão íntima entre a gênese do universo e eu mesma. A convicção de que o que acontecia naquele instante já estava escrito desde o começo. Ah, é mesmo: nós nos repetimos, dezenas de milhares de vezes. A vida pode ser apenas um relâmpago que reluz no escuro por um instante, pode ser que depois disso nós nos dissolvamos nas trevas, mas seguimos num contínuo incessante. Fui invadida por um júbilo infundado.

O fluxo do tempo ficou ainda mais lento. Era quase eterno. Agora! O agora só existe agora. Mas o agora existe em qualquer lugar. O passado e o futuro desaparecem e há apenas inúmeros *agoras*, infinitos. Por isso, posso ir para qualquer lugar. Sou completamente livre e posso ir para qualquer *agora*. Posso existir em qualquer parte. Firme, dentro de qualquer tempo.

— Você está com fome?

Foi Jane quem perguntou.

Quando deu onze da noite, fumei dois cigarros. Pensando que não devia fazer isso, tomei mais da droga na pia do banheiro. Cada vez mais.

Me sentia sempre febril. Não tinha forças. Estava mole e sem energia. Alguma parte do meu corpo estava sempre doendo.

— Acho que vou me encontrar com ele... — falei para mim mesma.

— Larga desse sujeito, menina — ralhou a dona do bar. — Isso não vai dar em nada. O máximo que você vai ganhar é um bebê indesejado. O que esse cara é pra você, hein?

Ela e Jane estavam se estranhando desde aquele dia.

— Meu amante, não é?

Pego a bolsa.

— Ai, eu vou, mesmo.

Minha noção de tempo andava estranha. Não conseguia mais fazer, subjetivamente, o tempo correr mais rápido ou mais devagar. Estava ficando inconstante. Tinha a impressão de que passava numa velocidade assustadora, muitas vezes acompanhado de perdas momentâneas de memória. Como se fossem microssonos.

De repente, estava diante da casa de Jane.

— Você parece cansada. — Ele examinou meu rosto. — Como você passou, desde a semana passada?

Semana passada? Eu achava que fazia duas ou três horas desde nosso último encontro. Ah, realmente, aquilo tinha sido na semana passada. Mas, então, por que será que estava assim, tão grudado no *agora*?

— Você anda esquisita.

Jane passou os dois braços ao redor do meu pescoço, com um ar preocupado.

— Pode ser.

Não tinha certeza de nada. Me sentia como uma marionete, sem vontade própria, controlada por outra pessoa.

— Você está usando?

— Estou.
— Por quê?
— Porque me alivia. Devo estar me arruinando.

De quem era aquela vida? Eu estava completamente vazia.

— Coitada... Por que você se machuca desse jeito? É de propósito?

— Talvez seja.

Não importa. Será que eu queria que ele testemunhasse a minha ruína?

— Que relação é essa, que a gente tem? — sussurrei, aproximando meu rosto do dele.

— Uma relação estoica e estática.

Ele estava sofrendo? Por que é que aquele homem sofria no meu lugar? Será que, na verdade, *eu* estava sofrendo? Será que tomava cada vez mais droga porque ele não se identificava comigo?

— Queria fazer alguma coisa, mas não consigo.

Ele roçou o rosto, coberto por uma leve penugem, no meu.

— Você é do tipo que, se matar alguém, com certeza se arrepende. Apesar de ser desalmado.

Falei isso sem erguer a voz. Nós nunca gritávamos.

— Mas não sou cruel.

— Ah, tem razão. A diferença entre ser desalmado e cruel é que quem é cruel tem sentimentos. Quem é desalmado, não.

— Não fala essas coisas. — Jane balançou a cabeça.

É tão assustador assim, ver outra pessoa sucumbir?

— Acho que, mesmo se eu matasse alguém, não sentiria remorso algum. Como foi que eu fiquei assim? Não sei... É como se eu estivesse me desfazendo. Tenho fome de tempo.

Deus foi embora. Se inventarem um replicador de matéria, ele vai ser meu deus.

Ele balançou a cabeça.

— Nem sequer sinto culpa por não sentir culpa. Nesse caso, o que posso fazer? Só me resta testemunhar meu aniquilamento.

— Vamos parar com isso, essa relação ascética. Não é bom pra você.

Jane me fitava com os mesmos olhos de outro dia, quando me observava dormir. Quando tinha sido aquilo? Não conseguia me lembrar.

— Me deixa fazer o que eu quiser. É só o desejo que me move. Ai, cansei... Vou me deitar.

Me deitei na cama e fumei um cigarro.

Será que me distraí? De repente o céu lá fora está claro. Já amanheceu?

— Estou ficando louca — digo para mim mesma.

Quando foi que o tempo começou a passar tão rápido? Jane dorme ao meu lado. Buscando na memória, consigo lembrar o que nós fizemos. Vimos um filme da década de 1920. Brincamos de teatro e rimos juntos. Eu me lembro das nossas conversas e expressões. No entanto, não parece real. Tenho a impressão de que minha pele está flácida.

Fico desorientada até que, de repente, é fim da tarde. Jane não está. Durante o dia nós comemos algo que ele preparou, ouvimos música, saímos para dar uma volta, depois fiquei enjoada e voltamos. Eu me recordo com clareza, só que tudo parece ter se passado com outra pessoa. As lembranças não têm vivacidade alguma. Chega a dar a impressão de serem memórias plantadas. E depois... ele saiu para encontrar alguém, a trabalho.

Logo, é de madrugada.

Começo a ficar confusa. Pelo jeito, passei a viver um tempo distinto do de qualquer outra pessoa. Jane volta. Ele, que não consegue passar muito tempo junto com alguém, está mal-humorado. Amanhece. Tenho que ir trabalhar. Mas é impossível trabalhar nesse estado. Resolvo ir para casa. Está de noite e desmaio no meio da rua. Quando recobro a consciência, estou na minha cama. É noite de novo. É manhã.

O tempo está conectado à memória. Será que minha memória está ficando ruim? É por isso que o tempo salta dessa maneira? Se for isso, então tem algo muito errado com o meu cérebro... Já é domingo. Ah, e de novo, domingo.

Dentro da minha cabeça vazia, tem alguma coisa. Algo que infla repentinamente. É isso que impede as memórias de se fixarem. Todos os dias parecem ter acontecido em um sonho.

A certa altura, o conceito de tempo começa a se dissolver.

Entretanto, não é que eu tenha conquistado a eternidade. Não existe o deleite de sentir o *agora* se expandir ao infinito.

A passagem do tempo se acelera. Mais do que isso, não tenho mais uma consciência clara das minhas próprias ações, na maior parte das vezes. Como consequência, minhas memórias ficam indistintas e o tempo vai desaparecendo.

Compreendo, vagamente, que isso deve ser um efeito colateral das drogas.

Jane aparece, e depois aparecem pessoas vestidas de branco. Me levam para um lugar distante. Me dão injeções, me fazem perguntas, que respondo num transe entre realidade e sonho. Deixam uma marca verde no meu pescoço. A marca que indica pessoas com transtornos mentais.

A voz do computador analítico, cuidadosamente sintetizada para não provocar hostilidade. As perguntas, repetidas de novo e de novo e de novo. E as injeções e os medicamentos. E ser amarrada à cama.

Certa manhã, voltei para casa.

A coisa no interior da minha cabeça havia desaparecido. O tempo havia retornado.

Demorou dois anos e sete meses. Pareceram três dias, ou trinta anos. Eu me olhei no espelho, e foi então que soube.

Depois de voltar do fliperama, não estava mais com vontade de ir para lugar nenhum. Sozinho, fiquei assistindo à televisão 3D, sem som.

O que eu mais gosto é de ficar só. Não bebo muito, não consigo usar drogas, não fumo, mas sou bom em passar o tempo.

Ultimamente, tenho trabalhado só um dia por semana. No momento, me sustento fazendo ilustrações, mas já tive umas vinte profissões diferentes. Prefiro trabalhos braçais, porque aí não é preciso pensar em nada. Se começo a pensar, vou ficando de saco cheio de mim mesmo.

Nossa, mas hoje foi terrível.

Eu não queria lembrar da Leiko. Foi tão difícil, ver alguém vivendo do jeito que ela vivia. Eu não queria admitir... então, no fim, não admiti.

Me levantei e desliguei a televisão. Resolvi tomar um banho e depois encarar um serviço que precisava entregar na semana seguinte.

Alguém tamborilou na porta com um dedo.

— Quem é? — Quase dei um pulo.

Nem eu mesmo saberia dizer por que me assustei daquele jeito. Uma memória antiga e dolorosa ameaçava ressurgir.

— Abre pra mim.

Eu conhecia aquela voz.

Abri a porta e encontrei a senhora de antes.

— Ué, o que aconteceu? Numa hora dessas? — perguntei, coçando a cabeça com a maior displicência possível.

— Por acaso não posso vir se não tiver acontecido nada?

Será que ela tinha me seguido? Não, imagina. A velha foi entrando no apartamento. Senti um choque violento ao ver seus movimentos. Eu já tinha visto aquilo antes. Era... Uma ideia assustadora se espalhou, como uma gota de tinta ao cair na água, tão rápido que foi impossível negá-la.

— Olha, você mudou a cama de lugar.

Leiko!

Não queria ter percebido. Apesar de já saber desde quando a vi no fliperama.

— Você está bem? — Leiko tentou sorrir.

— ... Estou.

Quantas vezes nos cumprimentamos assim, trocando essas palavras. Ela também costumava dizer isso quando eu ficava introspectivo.

— Ah, que bom. Deve ter levado um susto, né?

Leiko curvou os cantos dos lábios de um jeito esquisito. Estava sorrindo?

— É... Não sei se foi um susto grande ou pequeno.

Sou péssimo com esse tipo de situação. Parece coisa de filme.

— Só estou viva graças a você.

Era ironia?

— Pena que não tem nada de muito bom na minha vida.

Eu não disse nada.

— Você se protegeu, com essa postura de quem só se preocupa, mas nunca estende a mão.

Leiko não estava me recriminando. Eu sabia disso.

— Ficou com medo de começar a sentir alguma coisa? É compreensível. Na verdade, todo mundo sente medo.

O estado dela era trágico. Que transformação.

— Como você ficou, depois daquilo?

Senti que minha voz tremia. A base da minha língua estava ficando entorpecida. Eu sabia o que aquilo significava. De olhos abertos, senti lágrimas escorrerem.

— ... Para com isso. — A voz de Leiko era terrivelmente gentil. — Não tem motivo pra chorar.

Ela estava tentando me consolar.

Mas aquilo era horrível. Em apenas três anos! Antes Leiko ainda guardava alguns resquícios de beleza. Agora, não restava mais nada.

— Por favor...

Leiko tirou um lenço de sua bolsa esquisita. Queria secar meus olhos. Essa mulher é idiota?

— Dá um sorriso, vai?

Quem poderia sorrir numa hora dessas? Mas eu sou capaz de qualquer coisa, mesmo, pois a realidade é que levei as mãos ao rosto e forcei minha boca a sorrir.

— Coloca uma música pra gente — pediu Leiko, com o rosto enrugado.

— O que você quer ouvir?

Não tinha coragem de olhar direito para ela. O que eu poderia dizer? A mesma coisa de antes? Que não podia fazer nada por ela?

— Minha vista anda ruim, meus olhos lacrimejam sem parar. Só que não consigo largar o cigarro, então a fumaça entra nos olhos...

Então nós ouvimos aquela velha canção. Quando a melodia chegou ao fim, Leiko me encarou.

— Fazer o que...

Sorria apenas com os lábios. Seu cabelo se moveu e expôs o pescoço. Vi uma ferida grande, desbotada. Parecia a cicatriz de uma queimadura feita por algum produto forte. Na clínica, eles fazem uma marca. Leiko devia ter apagado por conta própria. Não consegui dizer mais nada. Estreitando os olhos, ela me perguntou:

— Será que já criaram o replicador?

ESQUECI
Tradução: Eunice Suenaga

Ela deixou escapar um gemido e parou em meio à escuridão. Será que ele já tinha voltado? A porta do quarto, no andar de cima, estava fechada. Lembrava de tê-la deixado aberta quando saíra de casa.

Levando uma vida desleixada, era natural se esquecer dos pequenos detalhes.

Talvez ele estivesse no quarto. Então seria melhor esconder o pingente-injeção.

Ao acender a luz tateando a parede sob a escada, Emma abriu a bolsa e pegou o pingente. Ainda restava uma dose do líquido.

As pontas dos dedos tocaram o pequeno frasco de água de colônia — que servia de álcool desinfetante. Aplicou-a num chumaço de algodão facial que encontrou remexendo a bolsa, arregaçou a manga e limpou rapidamente a superfície da pele com o chumaço umedecido. E pressionou o pingente.

Sentiu uma pontada. Certamente atingiu o mesmo ponto em que aplicara da última vez. Mas a dor logo passou e a pele começou a se aquecer. Sentiu o líquido penetrar na carne.

Pronto. Hoje também vou conseguir dormir.

Soltando um longo suspiro, começou a subir a escada. Sentiu o interior da cabeça ficar quente, o humor melhorar e tudo ficar indiferente. O cansaço diminuiu e o corpo ficou mais leve.

— Droga. Que se dane — acabou dizendo o que pensava. Que se dane. Mas, o quê?

Conseguiu subir até o último degrau com dificuldade, apoiando-se no corrimão.

Abriu a porta. Estava tudo escuro.

Sentiu a cabeça zonza. Despiu-se de olhos fechados e escondeu o pingente debaixo do travesseiro. Ao se deitar na cama acendeu a luz, pois queria tomar água.

— ... Sol!

Ele estava de pé ao lado da cama.

— O que você está fazendo? — Emma tentou dizer, mas sentiu que a língua estava travada. Decerto consumira droga em excesso.

— Pensando — disse Sol tranquilamente.

— Mas está tudo escuro...

O rosto esverdeado se aproximou. Tentava examinar a pele exposta dela. Emma puxou rapidamente o lençol para se cobrir até o pescoço. Mas a mão dele foi mais rápida e torceu o braço dela.

— Ai, está doendo!

— Me mostra.

Emma fechou os olhos.

Ele fitou a marca roxa de injeção no braço. Depois de um tempo soltou a mão.

— Me mostra o que escondeu — disse ele com a voz ainda tranquila.

Ela o fitou com olhos cheios de fúria. A expressão dele continuava impassível.

Quando Emma lhe mostrou o pingente, ele o jogou no cesto de lixo.

— Por que você fez isso? Eu faço o que quero. Não é da sua conta o que pode acontecer comigo — ela contestou, sabendo que era em vão.

— É da minha conta, sim. Se continuar com isso, vai ficar viciada. Não percebe? Se você se tornar uma inválida, vou ter que voltar pra minha terra natal.

Ao ouvir essas palavras, Emma sentiu uma pontada de satisfação. Ele estava aqui, na Terra, por causa dela. Mas logo percebeu que poderia significar outra coisa.

— Então se eu ficar imprestável, vai me abandonar?

Bem que isso poderia acontecer, pensou. Morar com um homem do planeta Mill estava se tornando um fardo cada vez mais pesado.

A irmã mais nova, casada com o diretor da Secretaria de Assuntos Espaciais, costumava dizer: "Um provinciano como ele é motivo de vergonha". Segundo ela, Mill era um planeta subdesenvolvido. "Um militar do planeta Balli ou um músico do planeta Kamiroy seriam bem melhores", diziam os pais, provavelmente concordando com a irmã.

Emma achava que a parte mental de Sol era excessiva. Ou melhor, ele exigia dela mais do que ela podia oferecer. Sentia-se presa. Sentia-se burra perto dele. Ela, que ainda tinha ambições típicas de uma jovem, não queria se sentir daquele jeito.

— Tenho outra opção? Você não vai ser a mesma se ficar inválida. Além do mais, quero voltar ao meu planeta natal, Mill.

— Então pra você o amor não passa disso — ela fez um beicinho.

— Mas Emma, eu nunca amei nenhuma mulher — ele deu um leve sorriso.

O orgulho de Emma foi ferido profundamente.

— Gostei de várias garotas... Mas quando conheci você, tive um pressentimento, e acho que eu não estava enganado. Ela vai ser a minha última mulher, foi o que pensei.

Sol despiu o pijama enquanto a observava. Esse era um dos hábitos esquisitos dele: durante o dia, quando ficava à toa em casa, sempre usava pijama. Sol parecia desprezar as danças e as músicas que Emma adorava. O que ele ficava fazendo, então? Nada. Comparecia três vezes por semana ao clube de correspondentes extraterrestres que ficava no último andar do prédio da Secretaria de Assuntos Espaciais, e só. Nos demais dias, parecia ficar absorto em seus pensamentos.

Sol deitou-se na cama completamente nu.

— Nunca sei em que você está pensando.

— Não sabe porque você é intelectualmente limitada — respondeu Sol sério, mas deixando transparecer uma leve irritação.

— Em que você trabalha? O que está fazendo aqui, na longínqua Terra?

"Será que ele é espião?", insinuou a irmã mais velha. No começo Emma negou, mas a suspeita de que a irmã tinha razão foi ficando cada vez mais forte dentro dela.

— Eu sou um poeta!

— Você de novo com essa lorota — Emma se esquivou dos lábios dele. Se fosse beijada, não conseguiria mais continuar com os questionamentos. Além do mais... Ainda se sentia perturbada por ter sido abraçada por outro homem na frente de casa.

— Quantas vezes você vai me fazer repetir a mesma resposta? — Sol franziu a testa.

— Do jeito que você trabalha, não tem nem condição de publicar um boletim escolar.

— No nosso planeta, é normal trabalhar desse jeito. Os jornais têm geralmente a metade do tamanho dos daqui, da Terra, e são só quatro páginas. Não tem edição vespertina. Todos trabalham tranquilamente. A nossa principal indústria é agricultura e pecuária. O clima é ótimo. Ninguém quer ocupar cargos com muitas responsabilidades, mas alguns assumem por obrigação. Mesmo assim, ninguém leva uma vida insalubre como o marido da sua irmã mais velha, que só volta pra casa duas vezes por semana.

— Tem mineração também, não tem? Acabei perdendo o rubi grande que você me deu de presente.

— Da próxima vez, trago outro. Emma, vamos voltar juntos da próxima vez — Sol fitou o rosto dela.

— Hmmm — Emma balbuciou. No momento, no entanto, não tinha a menor intenção de fazer isso. Voltando ao planeta Mill, Sol arranjaria um emprego numa usina eólica ou algo parecido. Emma cuidaria da horta, à tarde fariam uma caminhada agradável, teriam filhos (filhos?!) e envelheceriam juntos. Ele provavelmente lhe ofereceria anéis e braceletes maravilhosos uma vez por ano, mas lá não haveria nenhuma amiga terráquea para quem exibir as joias. De terráqueos só havia os garimpeiros, que se autodenominavam integrantes da equipe de pesquisa científica, e turistas interessados em regiões remotas. Como eles reviravam a terra em qualquer lugar, não eram bem-vistos.

Sol pegou um cigarro da prateleira da cabeceira.

— Mas você vai se acostumar de novo ao planeta Mill? Você diz que estou contaminada pelo ar da Terra, mas você também está.

Sol acendeu o cigarro e respondeu depois de expelir a fumaça:

— Vou parar de fumar. Faz quinze anos que moro aqui. É natural aprender a fumar.

Os pais de Sol vieram à Terra como embaixadores da boa vontade e retornaram à terra natal quando o mandato estava prestes a terminar, quando ficaram neuróticos. Sol passou praticamente toda a adolescência — se considerar adolescência o período entre quinze e vinte anos de idade — na Terra, recebendo uma bolsa de seu governo.

No planeta dele, um ano tinha quatro dias a mais do que na Terra. Em breve Sol ia completar trinta anos.

— Não, você fica irritado com frequência. Os milleanos são mais bondosos, cautelosos e silenciosos em geral. Eles são silenciosos como bons boxeadores — Emma sentiu orgulho de si mesma ao pensar nessa expressão filosófica. Mas na verdade repetia simplesmente o que Sol dissera um mês antes. Claro, ela não se lembrava disso — . Não são simplesmente silenciosos como os santos cristãos.

Sol baixou os cílios verde-escuros. A franja que caía na testa tinha a mesma coloração.

— Quer dizer que sou diferente? Não sou como os outros? — Os cílios se levantaram e os olhos violetas fitaram Emma. Ele apagou o cigarro.

— Você está mais explosivo, não está? Em comparação com antes. A amiga da minha irmã mais velha estudou com você na universidade e me contou como você era.

Ele ingressou na universidade com quinze anos.

Sol ajeitou o travesseiro e olhou para o teto. Enquanto observava o perfil dele, Emma pensou no homem com quem passara a tarde. *Será que ele queria dormir comigo?*, pensou. Mas não tinha certeza, porque não insistiu para ela ir a seu quarto nem tentou chegar muito perto dela, tocá-la. No salão de chá, ele se mostrou muito curioso pela habilidade sexual dos milleanos.

— Eles são bem pervertidos, no sentido psicológico.

— Eles fazem como os homens terráqueos? — perguntou ele.

— Eu não transei com tantos terráqueos assim, não transei nem com cem. E só conheço um milleano, o Sol. Não tenho como comparar.

O homem parecia muito interessado nos detalhes. Emma tentou desconversar falando coisas nada a ver, fazendo chacota. *Bem que ele podia ter dado mais em cima de mim, sido mais atrevido.* Uma das coisas mais importantes para ela, na vida, era o jogo amoroso. Sol, no entanto, mostrou-se apaixonado por ela, fazendo-a se sentir lisonjeada, só nos primeiros três meses. No que diz respeito a ter o seu orgulho satisfeito, ela era mais gananciosa do que agiotas de idade avançada (a avó dela foi agiota!).

— Talvez seja por causa do ar da Terra. De alguma substância contida em quantidade ínfima na atmosfera. É por isso que vocês logo esquecem das coisas — disse Sol como se falasse para si mesmo.

— Não, não esquecemos. — Emma beliscou a bochecha dele.

— Não se esquecem enquanto as coisas estão acontecendo — disse Sol virando-se para ela. — Por exemplo, da guerra. Quando acaba, vocês apagam da memória. Eu pesquisei os registros desde 1950. Os seus pais descendem principalmente de japoneses, e aqui é Tóquio, então pesquisei o quanto a memória da Guerra da Coreia e da Guerra do Vietnã se mantém na consciência das pessoas. Consultei também os registros americanos.

— Agora os tempos são outros. Ninguém mais se importa com a divisão em países, como Japão e Estados Unidos. Tem até um presidente mundial. Tá, tem gente que fala que é decorativo. A capital da Terra também é por revezamento entre os países.

— Isso só pra inglês ver. As pessoas continuam mais preocupadas com o país de origem do que com a identidade terráquea. Nos Estados Unidos, antigamente, as pessoas se preocupavam mais com sua origem, se era irlandesa ou italiana, por exemplo. As gerações seguintes se misturaram e agora eles têm a consciência de pertencerem ao povo norte-americano, apesar de estar numa fase bem incipiente. Então, mesmo hoje, assim como antigamente, o interesse dos países vem antes de tudo. Não acha engraçado? Estamos numa época em que as naves espaciais são fabricadas aos montes, e todos estão com os olhos voltados para outros planetas além da Terra. Antigamente, os países estavam em busca de colônias. Diziam: no Império Britânico, o sol nunca se põe nos sete mares, não importa onde você esteja... Não lembro exatamente a frase, mas era esse o sentido. Da mesma forma, hoje em dia, todos buscam planetas para colonizar além da Terra. No meu planeta, Mill, vieram muitos terráqueos. Depois de um tempo aprendemos a lição e colocamos muitas restrições para impedir a entrada deles.

Tanto Sol como Emma ficavam empolgados quando começavam a falar, principalmente Sol.

— Mas não é uma contradição o que você está dizendo?

— Em que sentido? — perguntou ele. A coloração verde de suas pupilas ficou ainda mais escura.

— Quando você disse que os terráqueos esquecem rápido as coisas. Mesmo com a criação da Federação Mundial, o conceito de nação prevalece. Não é prova de que o sentimento patriótico continua a existir?

— Como você é ingênua! Quantos anos você tem? Não é sentimento patriótico. É egoísmo regional. Ninguém se sente bem quando a frente de casa vira depósito de lixo. Aliás, a guerra do lixo entre os distritos de Suginami e Koto ainda continua? — perguntou Sol, sorrindo.

Emma não entendeu a última parte da fala dele.

— Mas hoje em dia não tem mais depósito de lixo. Nem os meus pais chegaram a ver isso — disse ela em tom desafiador.

— Eu disse no sentido figurado. Quando falo com você, tenho que ficar explicando tudo, e isso me deixa cansado.

— Todos os terráqueos são assim, não são?

— Não fique ofendida. Sim, a maioria é assim. Mas a conversa com quem consegue se comunicar por telepatia é diferente, ela flui naturalmente. Os terráqueos que conheci, no entanto, não eram muito bons em telepatia. O que me deixa aliviado, pois sei que não tentam descobrir o que penso no íntimo. Não é nada agradável quando tem gente que consegue ler os nossos sentimentos mais profundos.

Então você está escondendo alguma coisa? Algo inconveniente? Está tramando alguma coisa contra a Terra?

Quando uma suspeita surgia, atraía outra. Não tinha fim.

— Você consegue ler o pensamento dos outros? — Emma tentou perguntar no tom mais natural possível.

— Não — respondeu Sol prontamente.

— Nada? — perguntou Emma com olhar indagativo.

Ele começou a rir e desgrenhou o cabelo dela, estendendo a mão.

— Como a minha capacidade de compreensão é melhor do que a sua, você deve ficar desconfiada. Acho que nós, milleanos, compreendemos uns aos outros melhor do que vocês, terráqueos. Mas em se tratando de telepatia, ninguém ganha dos mirinianos. Só que eles não são bons em linguagem, formação de ideias, nem em compreensão. Por isso, mesmo conseguindo ler os pensamentos dos habitantes de outros planetas, não tiram grande proveito disso.

A mão de Sol que alisava o cabelo dela deslizou para a bochecha. Os olhos que a observavam assumiram um tom carinhoso, tenro e enevoado, do jeito que ela mais gostava. *Ele vai me beijar*, pensou Emma. Estava certa.

O que ele queria dizer quando falava que os terráqueos esqueciam as coisas rápido? Quando ela perguntava, ele sempre desconversava. (Pensando bem) Emma caiu centenas de vezes nas artimanhas dele. E cada vez menos entendia quem era realmente Sol. Seria por causa de sua fisionomia complexa? Sendo que, no fundo, ele (decerto) não passava de um homem com ideias simples.

Mas quando Sol começou a baixar a alça da camisola de modelo antigo dela, tudo deixou de ter importância.

— Até agora você só dormiu com terráqueas?

Ele, que já estava debruçado sobre os seios dela, levantou o rosto. No começo, toda vez que ela demonstrava forte curiosidade, ele ficava assustado e esboçava um sorriso amarelo.

— Não. Só não conseguimos transar com as garotas mirinianas por causa da composição física, mas somos compatíveis com as garotas ballianas, kamiroyanas, milleanas e terráqueas. Se bem que entre as uniões interplanetárias, só os milleanos e os terráqueos conseguem se multiplicar, então esses dois devem combinar, certo? Não entendo direito essas coisas. Além disso, não sou um pervertido, então não quero me aventurar muito. Para mim, o senso estético dos kamiroyanos é algo incompreensível. Parece que os terráqueos gostam. Quanto aos ballianos, os aspectos irracionais são muito poucos, a meu ver.

— Qual a diferença entre as terráqueas e as milleanas?

Desta vez ele respondeu sem levantar o rosto:

— O corpo é bem diferente. As garotas milleanas são bem esbeltas. Tinha uma garota com um corpo lindo, obsceno, irresistível. Mas foi a única que conheci.

— Então para! Não! Para agora! — A respiração de Emma estava ofegante.

Sol olhou o rosto dela.

— Estamos juntos agora, isso não basta? Nos últimos quinze anos, morei com outra garota sem ser você só uma vez. Quando cheguei à Terra, morava com meus pais, mas quando eles foram embora depois de três anos, tive que alugar um apartamento minúsculo. Você não vai acreditar como era apertado. Tinha um fogão a gás de modelo antigo onde eu mesmo cozinhava.

Chamas se levantaram no fundo dos olhos de Sol.

— Você não conseguiu vaga no dormitório universitário?

— Mill é um planeta subdesenvolvido, como vocês dizem. Tive que ficar observando, de mãos abanando, os estudantes de outros planetas conseguirem as coisas de forma eficiente, inclusive as vagas em bons quartos. Naquela época era assim. Mas ultimamente as coisas mudaram, o governo de vocês até me ofereceu de graça uma casa boa como esta. Apesar de a Terra estar cada vez mais lotada. Veja só esta casa: tem dois quartos, uma sala e uma cozinha. Tem até um bar. E hoje nem sou um enviado oficial de Mill. Tem outros enviados oficiais. Eu escrevo artigos mais para revistas, e não para jornais. Mas de repente o tratamento mudou. Você não acha isso estranho?

O rosto de Sol estava tenso.

— É, né? — Emma respondeu, demonstrando pouco interesse.

— O governo de vocês, para não levantar suspeita, exigiu o mesmo tratamento para os enviados oficiais ao meu planeta. E são muitos. Mas há segundas intenções por trás disso. Enviando muitos terráqueos, querem mostrar que têm interesse em Mill. Para nós, é uma consideração que não é bem-vinda. Interesse, no caso dos terráqueos, significa intenção de invasão futura. Um tempo atrás, um milleano pediu exílio aqui na Terra. Para nós, ele não passava de um criminoso, o nível psicológico dele era tão baixo que equivalia ao de um comerciante terráqueo inescrupuloso. O governo investigou minuciosamente a consciência dele e concebeu uma amostra do que considerava ser um milleano. Os terráqueos devem ter ficado aliviados com a conclusão a que chegaram, pois decidiram avançar para o nosso planeta. Calcularam que, mesmo num conflito armado, teriam vantagem.

Sol se calou. Como sempre, estava prestes a mergulhar nos próprios pensamentos.

— Vamos beber? — Emma tentou atrapalhar, como costumava fazer.

— ... Hmm? Vamos, sim.

— Então faz um drinque pra nós.

— Mas eu não queria me vestir. — Sol cruzou as mãos atrás da cabeça.

— Puxa, eu também não queria. O seu planeta é mesmo atrasado e conservador. A mulher tem que fazer tudo.

O planeta Mill tinha terra em abundância. Bastava uma pessoa da família trabalhar para todos conseguirem viver confortavelmente. Depois que as garotas eram introduzidas à sociedade (que coisa mais antiquada!), divertiam-se por três ou quatro anos, encontravam um bom pretendente quando ainda eram jovens e viravam donas de casa. Esse era o caminho normal a ser seguido.

— Não é bem assim. Estou cansado. Por favor, querida. Depois faço tudo que você quiser. — Sol estava com a expressão de coitado que costumava fazer quando tentava convencê-la a realizar seus desejos.

— Hum. — Emma saiu da cama e começou a se vestir. Até pegou o cachecol.

— Como você é linda. Valeu a pena te oferecer a minha pureza.

— Não diga disparates. Sua pureza nojenta? Deve estar servindo de capacho na entrada de casa.

Emma abriu a porta e desceu a escada. Deixou-a aberta para facilitar quando voltasse com os copos.

— Reencarnação de Brigitte Bardot! Terceira Claudia Cardinale! Prima de Monica Vitti! Ou *Julieta dos espíritos*! Gloria Wandrous de *Disque Butterfield 8*!

Mesmo no piso de baixo, ouvia-se a voz de Sol. Ele era fã de filmes antigos.

— Não, você é *"Cleopatra's Dream"* de Bud Powell. Minha pequena Bokko-chan.

O que ele estava dizendo? Emma foi ao *home bar* e preparou o próprio screwdriver, misturando vodca com suco de laranja. Tomou tudo de uma vez. Preparou outro. Queria ficar bêbada. Gin Fizz era bebida para menininha, doce demais.

Afinal, em que Sol estaria pensando? Todos os homens milleanos eram assim? Egoísmo regional? Do jeito que falava, parecia algo abominável, mas era normal todos os seres inteligentes terem certa dose de egoísmo. Fora os desejos de cada momento. Se ela disser isso, ele deverá retrucar: "Mas os terráqueos são instáveis demais psicologicamente. É porque o egoísmo de vocês não está bem consolidado. Em comparação com a Terra, o meu planeta está muitos anos-luz atrasado no que diz respeito a desenvolvimento científico e tecnológico, mas quase todos pensam em como devem viver a vida. A nossa história é bem mais antiga. Apesar disso, até onde se tem registro, só enfrentamos cinco guerras, incluindo as bem pequenas. A última foi há mais de dois mil anos".

Emma bebeu o segundo drink também de uma vez só.

Não tinha mais suco de laranja. Preparou outro drink diluindo vodca com água e se sentou no banco do *home bar* com dificuldade.

Guerra. Será que ia começar uma guerra interplanetária? Não era possível, pois a Terra vinha cultivando uma relação pacífica (pelo menos superficialmente) com todos os planetas. A Terra descobrira o planeta Mill, e isso já fazia mais de trinta anos.

Sentiu-se zonza. Como daquela vez em que teve pneumonia aguda. Será que era efeito sinérgico da injeção que aplicara e do álcool?

Emma tentou agarrar-se ao balcão. Mas era tarde demais. Desabou no chão e bateu a lateral da cabeça com força.

Um braço forte segurou e levantou Emma, que estava toda torta.

— Você estava demorando... Ei, como você é pesada. O que aconteceu? Emma, você está esquisita ultimamente. — Sol a carregou nos braços.

— Ah, meu cachecol.

— Deixa pra lá. Depois a gente pega. — Ele tentou subir a escada carregando-a no colo.

— Mas é meu preferido.

Sol não respondeu e subiu a escada degrau por degrau.

Oh, Sol, não adianta me carregar desse jeito. Só agora estou me dando conta (a contragosto) de que amo você. Não é nada agradável admitir isso. Eu já vivi algumas histórias de amor, mas é a primeira vez que me apaixono de verdade. Quem diria, me apaixonar logo por um homem por quem no fundo sinto desprezo. Que ódio de você, que me deixa nessa situação.

— Você disse alguma coisa? — perguntou Sol entrando no quarto.

— Não — Emma balançou a cabeça. Sentiu um desânimo repentino. Sol a deitou na cama.

— Ei, Sol, será que um dia nós...

Será que vai chegar um dia em que vamos nos aceitar por completo? Mas isso...

— Isso vai acontecer só quando eu for uma velha caduca.

Sol deu um leve sorriso e voltou a mergulhar em seus pensamentos. No planeta dele, a noite era dominada por um estado que parecia uma mescla de alheamento psicológico e sono. Será que o que eles chamavam de sonho não seria delírio?

Emma deu-se por vencida e fechou os olhos. *Amanhã vou pedir para minha amiga que estuda farmácia outro pingente e mais drogas. É impossível continuar vivendo num mundo como este com a mente sóbria. Vou acabar encolerizada o tempo todo, de manhã até a noite. E se me tornar uma ativista política por causa disso, papai e mamãe vão ficar tristes. Apesar de tudo, estou tentando ser uma boa filha, à minha maneira.*

Sol se virou na cama e a abraçou. Ela permaneceu de olhos abertos em meio à escuridão.

— Você não devia aplicar isso com tanta frequência — disse Luana ao entregar o pequeno embrulho. Era depois do almoço e as duas estavam na área externa do café, provando uma fruta rara importada diretamente do planeta Mill.

— Eu sei. Obrigada — disse Emma, guardando o embrulho na grande bolsa de fibras de casca de árvore. Quase metade dos produtos agrícolas consumidos pelos terráqueos era proveniente de Mill. A matéria-prima da bolsa, confeccionada pelos kamiroyanos na fábrica em Marte, também tinha origem milleana.

— Não, não é do vício que estou falando, isso não é da minha conta. Quero dizer que essa droga produz outro efeito, ela não destrói a personalidade no sentido comum — disse Luana, inclinando o corpo para a frente com os cotovelos sobre a mesa. — Se você consome por muito tempo, fica instável e se torna suscetível a sugestões e ordens externas. Nesse ponto, é parecida com escopolamina. Muitas vezes faz você esquecer a paixão ou as convicções de antes — disse Luana, séria.

— Faz perder a memória? — perguntou Emma, estreitando os olhos. A palavra "esquecer" chamou sua atenção.

— Não é isso. As suas emoções perdem a vivacidade. Você passa a achar que estava errada antes, ou sente que o ato que você mesma praticou no passado foi feito por outra pessoa. Quem é que ganha com isso?

— Mas o governo está tentando controlar, a princípio — disse Emma baixinho.

— Ah, aquilo é só fachada. Essa droga está na moda. E, segundo os boatos, tem até uma droga nova que faz as pessoas perderem o medo. — Luana franziu as sobrancelhas. Era seu hábito.

— Pra quê? — perguntou Emma, como se fosse intelectualmente limitada.

Como o garçom miriniano se aproximou, elas se calaram. O garçom começou a limpar a mesa com dois tentáculos. Os outros dois pendiam colados ao corpo.

— Desejam mais alguma coisa? — perguntou, apesar de saber a resposta.

— Não queremos nada — disse Luana, levantando-se.

— Como os mirinianos são esquisitos — sussurrou Emma quando saíram do café depois de pagarem a conta.

— A aparência?

As duas estavam descendo a escada que dava para o tubo subterrâneo.

— Não. Porque não dá pra saber de jeito nenhum o que se passa na cabeça deles. Eles são bem inexpressivos.

— Não devem pensar em nada. Um professor da Universidade *** tentou fazer uma pesquisa para desenvolver a habilidade telepática deles, mas não teve sucesso. A única coisa que eram capazes de fazer era captar palavras simples.

A plataforma estava vazia. Encostando-se na parede, Emma pensou para onde iria.

— O que o Sol está fazendo agora? — Luana colocou na boca o cigarro que ajudava a parar de fumar tirado da bolsa.

— Não sei — respondeu Emma com sinceridade.

— O meu namorado deve ter limpado a casa, lavado a roupa suja de três dias e agora provavelmente está preparando frango assado para o jantar — disse Luana, rindo feliz.

Emma fez um beicinho.

— Será que o Sol não tem outra mulher? Ele é atraente — comentou Luana com a boca torcida, contendo o riso.

Emma nunca tinha considerado essa possibilidade. Estava sempre concentrada em si mesma. Pensando bem, ele dormia fora com muita frequência.

— Ei, você sabe onde vendem aquelas microcâmeras com exibição em tempo real? Será que consigo comprar uma? — Emma ficou vermelha assim que fez a pergunta.

— Pra espionagem? Dá pra comprar em qualquer lugar. Não precisa de nenhum certificado. O mais comum é o tipo botão. Mas quando a pessoa tira a roupa, vai mostrar só o teto.

Nessa hora, chegou o compartimento para locomoção.

— Pode ir antes — disse Emma, que já estava sem ânimo para voltar para casa.

— Então vou. Não fique muito nervosa — disse Luana abrindo a porta e se acomodando no compartimento.

Emma viu a amiga pressionar o botão e informar o endereço, aproximando-se do microfone. Deu tchau para ela e pegou a escada rolante para subir ao térreo.

Emma observava a pequena tela. Aparecia o rosto de um homem milleano.

— Claro que não. As pessoas do nosso planeta não são tão infantis assim — disse o homem. A voz que saía do tradutor automático era aguda e rouca. Naturalmente eles falavam na própria língua materna.

— Jeva, como você é otimista. Quem garante que as guerras do ópio não vão se repetir? — A voz grave de Sol soava mais próxima.

— Ah, sim. Você estudou também a história da Terra. Que país mesmo que apresentou o ópio aos chineses para colonizá-los? Mas a ideia que os terráqueos têm do prazer é um pouco diferente da nossa. Para eles, o que proporciona prazer é sexo e droga. Ou velocidade, emoção, suspense. Em outras palavras, o que eles buscam é vertigem — disse Jeva, rindo levemente.

— Concordo. Mas somos capazes de praticar o alheamento psicológico a hora que quisermos. O que nos proporciona uma experiência mais profunda do que o prazer — disse Sol, sério.

— E como é dormir com uma garota terráquea? — perguntou Jeva em tom de gozação.

Emma se ajeitou na cadeira.

— É bom — disse Sol em tom ríspido.

— Em que sentido?

Sol devia ter se mexido, pois a tela passou a mostrar só metade do rosto de Jeva e dava para ver uma janela com cortina. Pareciam estar num apartamento modesto.

— A raça terráquea conhece a tristeza. Mas ela raramente vem à tona, na consciência. Nós também conhecemos a tristeza, que, aliás, é mais palpável. Mas se me perguntarem quem é mais infeliz, diria que são os terráqueos, pois são mais limitados, já que experimentam o envelhecimento e a morte.

— Sol, você acha que poder optar por morrer é motivo de maior orgulho?

— Acho.

— Mesmo que isso cause desespero?

— Desespero é uma sensação bastante profunda e transparente. Talvez seja semelhante ao momento supremo de alheamento psicológico. Por isso não há motivo para grandes tristezas.

— Os seus pais partiram há seis meses, não foi?

Emma ouviu atentamente as palavras de Jeva. O que ele quis dizer quando falou "partiram"?

— Se eu fosse um terráqueo, estaria mergulhado em tristeza. Porque na prática foi um suicídio. Dizem que os cientistas terráqueos ficaram impressionados com o alto índice de suicídio do nosso planeta. Por que se matam, se podem viver mais?, se perguntam. Mas entre os milleanos também há os que não conhecem o desespero, e esses podem viver até seiscentos anos.

— Ah, você fala daquele sujeito? Ele morreu recentemente. Num acidente. É mesmo vergonhoso. Viveu tanto e morreu sem conhecer o desespero.

— Nesse sentido, os meus pais foram admiráveis. Sim, é o que todos fazem, mas quando se trata dos nossos próprios pais, é diferente. Cerca de doze horas antes de partirem, a derradeira consciência deles ingressou em mim. Não importa onde os milleanos morrem, os familiares conseguem perceber. Não compreendi cem porcento a consciência deles, mas fiquei emocionado. — A voz de Sol não soou nem um pouco melancólica.

— Sim. — Os olhos de Jeva assumiram uma coloração generosa.

— Mas os terráqueos não são um caso perdido — disse Sol. — Eles têm as próprias limitações, sim, mas dependendo do direcionamento, conseguem manifestar uma energia bastante intensa. Principalmente as garotas. O interesse delas é bem restrito. É primitivo e intenso. Nós podemos de alguma forma...

— Aproveitar isso? — Jeva emendou.

— Se você coloca em palavras, não soa bem... Mas não é isso que eu quero dizer. — Sol parecia sem graça.

— Então você...? — Houve uma lacuna na fala de Jeva. A luz vermelha que indicava impossibilidade de tradução piscou uma vez. Deve ser uma expressão peculiar da língua dos milleanos.

— Bem, sim — Sol pareceu concordar.

Emma, que se sentia cada vez mais incomodada, pensou em desligar o aparelho. Aproveitar? Sentia-se irritada porque Sol lhe dedicava somente uma pequena parcela da existência dele.

O amor de Sol é mentira. É falso. Não passa de uma farsa. Como fui estúpida.

— Lembrei de uma coisa. Já vou indo — Sol se levantou.

— Então até mais — disse Jeva.

Sol devia estar voltando para casa. Emma tocou na tela, deixando-a escura. À primeira vista o objeto não passava de um simples espelho de mão. Ela guardou o tradutor automático na gaveta da penteadeira e desceu para o andar de baixo.

Tinham se passado duas semanas desde que ouvira aquela provocação de Luana. Depois de hesitar muito, Emma pregou a câmera na jaqueta de Sol, removendo um dos botões.

Dirigindo-se ao *home bar*, ela pegou da estante uma bebida alcóolica produzida no planeta Mirin. O líquido perolado balançava no interior da garrafa. Fora presente da irmã mais velha. Ao remover a tampa, espalhou-se um aroma doce que lembrava remédio.

O copo estava sujo. Ela abriu a porta da lava-louça e o pôs lá dentro. Depois de vinte segundos, quando a luz se apagou, retirou o copo e o encheu a bebida.

E agora, o que fazer? Enquanto olhava a tela, estava bastante tensa, mas agora se sentia exausta, parecia uma cadela que acabara de morrer.

Tomou a bebida. Só percebeu a sensação gelada e macia, não sentiu nenhum sabor. *Parei de usar drogas e estou sendo uma boa menina. Estou ficando sem dinheiro. Será que procuro papai para pedir emprestado?* Estava desempregada havia um ano e meio, desde que brigara com o chefe na Secretaria de Assuntos Espaciais e pedira as contas.

Secretaria de Assuntos Espaciais: sim, se Sol se aproximou de mim com segundas intenções, talvez tenha relação com o fato de eu trabalhar lá. Será que ele pensava em me enganar e me convencer a roubar alguma informação confidencial? Mas como eu pedi as contas...

Não, não deve ser isso. Eu era uma funcionária de baixo escalão. O meu trabalho era simplesmente inserir as fitas no computador. Ninguém vai colocar conteúdo confidencial no computador. São inseridas informações de planos já concretizados. Quem manuseia as informações secretas não divulgadas é a secretária do diretor.

Emma se lembrou da secretária. Diziam que ela se divorciara do marido muito tempo atrás. Provavelmente continuava solteira. Devia ter cerca de quarenta e cinco anos e continuava atraente.

Emma encheu o copo.

Que imaginação estúpida a minha. Achar que a secretária e Sol têm um caso. Mas Sol está tentando proteger a terra natal. Como? Se Mill sofrer um ataque militar, não terá nenhuma chance. Mas a Terra não pode iniciar uma guerra sem mais nem menos, sem um motivo justificável.

Motivo. Bastava alegar que Mill possuía alguma intenção hostil — seja inventada, seja mentira — contra a Terra. Por exemplo, dizer que os milleanos eram portadores de bactérias perigosas. Não, doenças não serviam de desculpa. Nos portos espaciais eram feitas inspeções e desinfecção rigorosas. Eram os terráqueos que mais espalhavam vírus. Recentemente tinha havido um surto de influenza terráquea em Mill. De tempos em tempos os milleanos que moravam na Terra morriam de um simples resfriado. Devia ser motivo de grande infelicidade para eles morrerem sem experimentar o desespero ou a decisão transparentes, como eles costumavam dizer, sem levar a cabo, até o extremo, as atividades psicológicas.

Emma apoiou um dos cotovelos no balcão. Sentia o álcool surtir efeito gradualmente. O corpo ficava cada vez mais macio e quente. Que droga. Aquele milleano vigarista.

Estava escurecendo lá fora.

Sol não voltava. Por que estava demorando tanto?

Ao colocar a mão no bolso, os dedos tocaram duas cédulas e algumas moedas. Mesmo sem ver, era capaz de contar o dinheiro que tinha no bolso. Que tristeza adquirir esse tipo de habilidade vil.

Emma pegou o casaco e saiu de casa pensando em jantar no restaurante da esquina.

O atendente do estabelecimento era um miriniano. Mal-humorada, ela comeu omelete e pão, e tomou sopa. Quando estava prestes a sair recusando o café, o homem que acabara de entrar a cumprimentou.

— Olá.

Quem era mesmo?

— Ah, você mora aqui perto, né?

Ah, sim. O homem que me levou para casa outro dia. Como era mesmo o nome dele? Seno?

— Está sozinha?

— Estou — respondeu Emma cabisbaixa.

— O que aconteceu? Está triste? Vamos tomar um café — dito isso, Seno escolheu uma mesa próxima à janela e pediu dois cafés erguendo a mão.

— Prefiro americano.

No restaurante só tocavam músicas antigas. Outro dia tocaram "*Time of the Season*" e "*Sunny*", seguidos de "*Also sprach Zarathustra*", o que era surpreendente. Naquele momento tocava "*La Reine de Saba*".

— Eu também moro aqui perto. Quer dar uma passada em casa? — perguntou Seno despretensiosamente depois de tomar metade do café.

— Bem...

Será que devo me divertir um pouco? Mas Seno tem um ar misterioso. Ele diz que trabalha numa emissora de TV, mas será que é verdade? Falando nisso, muito tempo atrás, ela saiu com um homem que gritava palavras chulas com cinismo (como se estivesse nos bastidores de Hollywood) quando brigavam. Em momentos mais amenos, dizia "sua membrana mucosa imunda". *Por que é que fui lembrar dele agora, do nada?*

— Acho melhor não.

— Tem certeza? Como você é fria.

Emma não gostava quando falavam desse jeito com ela. Ela prendeu a respiração por um tempo e soltou o ar lentamente.

— Ficou chateada? — perguntou Seno mostrando-se atencioso, mas sua fisionomia parecia superficial.

Será que, por estar com Sol há muito tempo, havia passado a ver os homens com outros olhos?

Sol? Aquele vigarista.

— Vou pra casa. — Emma se levantou.

— Eu te acompanho — disse Seno levantando-se e, aproveitando, pegou na mão dela (com naturalidade).

Ela puxou a mão, amedrontada.

Emma foi direto ao *home bar* na cozinha, sem subir ao piso superior. E tomou a bebida perolada.

Quando ouviu um barulho no andar de cima, tomou um susto e quase derrubou o copo. Sol estava em casa. Depois ecoou um barulho de vidro se espatifando no chão. Será que Sol percebeu que não era um simples espelho?

— Emma. — A voz em tom ríspido vinha do andar de cima.

Emma abraçou a garrafa.

— Vem aqui.

Ao levantar os olhos, viu o rosto esbranquiçado de Sol. Parecia prestes a ter espasmos.

— Não quero.

— Vem. Estou falando.

Emma esboçou um sorriso forçado.

— Mas... vai me dar uma bronca?

Sol mostrou de relance a expressão que fazia quando estava prestes a sorrir. Mas a abafou logo em seguida.

— Não. Pode vir, não precisa ter medo.

Emma subiu a escada devagar, carregando a garrafa de bebida e dois copos.

— O que é isso? — disse Sol apontando a tela espatifada espalhada pelo chão.

— ... É um espelho.

Os olhos de Sol irradiaram uma luz intensa. Ele permaneceu fitando os cacos de vidro.

— Sim, é um espelho. — Ele se sentou na cama. — Um espelho com tradutor automático — acrescentou como se explicasse para si mesmo.

Então ele tinha...

— Ei, você não quer beber?

— Você virou alcoólatra? — perguntou Sol com uma voz tranquila, mas opressiva. Não tirava os olhos dela.

— Não...

— Quero, sim.

Emma lhe entregou um copo e o encheu. Ele estava sem a jaqueta. Ela olhou à volta e a encontrou sobre a cadeira. O terceiro botão tinha sido arrancado.

— Foi Luana que achou. Ela é esperta.

Luana? Mas foi ela que sugeriu. Não faz sentido. Então ela fez de propósito, para me deixar com ciúmes?

— Quando vocês se conheceram? — Emma tentou perguntar com naturalidade, mas sua voz tremia.

— Você nos apresentou seis meses atrás.

— Não apresentei! — Emma sentiu a ira aflorar.

— Só faz dez dias que ficamos íntimos. Eu precisava da colaboração dela.

— E você se aproveitou dela. Assim como se aproveitou de mim.

— Quando é que me aproveitei de você? — perguntou Sol em tom firme.

— Não adianta fingir que está bravo. Foi você mesmo que disse.

— Então você estava me espionando. Nesse caso, sabe muito bem que não fui eu quem disse isso. Foi Jeva.

— Ah. — Foi quando Emma se deu conta, surpresa, de que chorava. Quando as lágrimas começavam a cair, não conseguia contê-las. Permaneceu de pé, com o copo na mão, e continuou a chorar.

— Como você joga sujo! — A voz dela tremia. Tremia muito.

— Não, está havendo um mal-entendido. — Sol se levantou e tentou abraçá-la. — Queria pedir reagentes e amostras de drogas novas para Luana. Foi pra isso que me aproximei dela.

— Não, não me toque. Não tente mentir pra mim.

Sol passou os dedos entre os fios de cabelo dela.

— Ela tem dúvidas quanto ao modo de operação da Secretaria de Assuntos Espaciais. O que eles fazem é procurar os pontos fracos dos outros planetas, e quando concluem que podem vencer, invadem. Pra eles, o nosso planeta Mill... Ei, pare de chorar. Que foi? — Sol tentou fazer Emma levantar o rosto, mas ela não deixou.

— Não estou chorando... Você é um espião.

Ele começou a rir.

— Você parece criança. Espião? Espião é o seu amigo. — O rosto de Sol, envolvido por uma luz suave, já mostrava a feição de sempre. Não estava mais esbranquiçado, tenso.

— Quem?

— Aquele homem que te trouxe até a porta hoje. Onde vocês se conheceram?

— Não é da sua conta. É só um conhecido. Não é meu amigo. Não é nada disso que você...

— Não estou duvidando da sua pureza carnal — disse Sol, categórico. — Onde vocês se conheceram?

— Bem... Na frente da chapelaria. Eu estava de pé olhando a vitrine.

— É mesmo? Quem puxou papo?

— É claro que foi ele.

— Tem certeza? — Sol fitou os olhos dela.

— É claro.

Sol voltou a se sentar na cama. Tentava juntar num canto, com a ponta da pantufa, os cacos da tela quebrada.

— Esse negócio quebra como se fosse um espelho de verdade. Pra ninguém desconfiar... Como ele se chama? — perguntou Sol balançando a cabeça para afastar a franja da testa.

— Seno.
— O que ele faz?
— Disse que trabalha numa emissora de TV.

Sol permaneceu calado por um tempo. Emma encheu o copo e se sentou ao lado dele.

— Emma, você vai ficar triste se a Terra e o planeta Mill entrarem em guerra? — perguntou ele num tom bastante carinhoso. Parecia se dirigir a uma criança pequena ou com deficiência mental.

Emma ficou com vontade de chorar de novo.

— Vou — respondeu ela sentindo-se exausta, completamente sozinha e de pé descalço na noite profunda.

— Por quê?

— Porque vão enviar você pra um campo de concentração.

— Não quer se separar de mim?

— Acho que não — disse Emma, um pouco insegura.

— *Acha*. É típico de você. — Sol mostrou um sorriso cínico.

— Vai começar uma guerra?

— Ultimamente tenho esse pressentimento. Ontem, quando descia para o tubo subterrâneo, senti uma tontura e vi várias cenas.

— O que vai acontecer com a gente? — questionou Emma em um tom débil.

— Vi você morrer — disse Sol cabisbaixo, com os braços pendendo entre os joelhos. Sua voz era bem grave.

— Atingida por uma bomba?

— Não, deitada na cama. Mas não é pra já. Daqui a alguns anos... Daqui a dezenas de anos, todos os terráqueos vão morrer.

— É — disse Emma, sentindo-se desolada. A grande maioria dos milleanos se suicidava. A morte chegava a ambos, aos terráqueos e aos milleanos, mas a morte dos milleanos era completamente diferente. Sol era alienígena.

Emma segurou a mão dele.

— Não precisa ficar com tanto medo assim.

— Tá — respondeu Emma pendendo a cabeça cada vez mais para a frente.

— Te desagrada a ideia de deixar a Terra?

— Não como antes — respondeu Emma baixinho, pois sabia em que ele pensava. — Mas não confio cem porcento em você.

— Você é franca e sincera. — Sol afagou a cabeça dela.

— Mas acho que estou confiando cada vez mais.

— É mesmo? Você viu a nossa cena de amor, da Luana e eu? Emma negou com a cabeça.

— Não? Que bom. — Sol riu animado. Parecia tentar encorajar a si mesmo.

— Foi intenso? — Emma esboçou um sorriso pela primeira vez.

— Foi, foi bem intenso.

— A ponto de eu perder toda a confiança em você?

— É, a esse ponto.

Emma sentiu uma pontada de raiva. Seria ciúme? Não, em relação a Luana, não sentia ciúmes. Já havia experimentado essa sensação antes. Sem perceber, Emma sentia ciúmes da própria existência dele.

Não conseguia compreendê-lo.

Mesmo quando ela o abraçava, grande parte do psicológico dele vagava por algum lugar que ela desconhecia. Independentemente de onde estivesse — nos braços dela ou não —, quando quisesse, conseguia se afastar e ser livre. Emma sentia ciúmes dele por isso. Sol era um alienígena.

— Que foi?

— Estou me sentindo só.

— Se conseguir confiar cem porcento em mim, não vai mais se sentir só.

— Mas confiar cem porcento é uma ilusão. — Emma apoiou a cabeça no ombro dele.

— E se me aceitasse cem por cento?

— Bem... — Emma levantou o rosto e o fitou. — É muito difícil. Não é nada simples — disse devagar.

— Mas se conseguir, não vai mais sentir o vazio, não é?

— É — ela concordou sem força.

— Você nunca está satisfeita. — Ele não falava no sentido sexual, mas no sentido psicológico. E a abraçou.

— Seno não é o nome verdadeiro dele. Jeva o investigou quando fez uma lista das pessoas que pertencem ao departamento de informação. Por isso quando o reconheci pela janela, tomei um susto.

O mundo que cercava os dois se movia independentemente da vontade ou da emoção deles. Tal qual um grande rio. Parecia tranquilo na superfície, mas próximo ao fundo havia um fluxo rápido e intenso. Esse mundo pressionava os dois em silêncio.

Emma foi tomada por um sentimento profundo de solidão e desolação.

— Tira a roupa — ele ordenou.

Ela tirou o suéter e baixou a saia justa com uma fenda. Roupas assim não estavam mais na moda. Tanto os homens como as mulheres usavam macacão de fibra grossa. E colocavam jaqueta metálica ou blusa comprida de lã grossa por cima. Certa vez, Sol confessou que gostava do jeito como ela se vestia, por ser depravado. "Roupas dos anos 1930 me deixariam mais excitado ainda", chegou a dizer. O modo como ele falava era sempre franco, direto, e chegava a ser ingênuo.

— Ah, bem que você podia usar meia-calça com costura. Você sabe o que é cinta-liga? É parecida com cinta de borracha larga — disse Sol empolgado, observando Emma tirar a roupa.

— Conheço. Vi em um livro de história da moda. Aparece nos filmes antigos também.

— Cinta-liga preta com rosa vermelha bordada é irresistível.

— Onde você viu?

— Como você, nos livros e filmes — apavorado, Sol tentou se explicar.

— Esses acessórios são caros e difíceis de achar. Compra pra mim.

— Hmm — murmurou Sol.

Envolta em tristeza, ela observou o rosto verde que se aproximava.

Sol não voltara para casa na noite anterior. Emma não conseguiu dormir. Fazia dois meses desde aquele incidente da microcâmera, e o clima que envolvia os dois ficava cada dia mais pesado.

Depois do almoço, Emma já sentiu sono. Deitou-se na cama às seis da tarde. Não havia dormido nem vinte minutos quando Sol chegou, acordando-a.

— Vamos sair daqui sem levar bagagem.

Ela entendeu vagamente o que estava acontecendo. Pegou uma bolsa grande e colocou nela dois ou três livros e muitas pílulas para dormir. Talvez fosse melhor livros em filme do que livros à moda antiga. Ocuparia menos espaço. Poderia levar um maior número de títulos. Mas, para ler os livros em filme, era preciso usar lentes de contato especiais. Sem elas não era possível ler. *Afinal de contas, não sei para onde estou indo*, pensou.

Ela ia calçar sapatos vermelhos de salto alto, mas Sol se opôs. Fazendo um beicinho, escolheu sapatos de salto baixo. Com muito pesar.

Dentro do táxi-helicóptero, ele se manteve calado. O que revelava a gravidade da situação.

Quando chegaram ao apartamento, foram recebidos por Jeva e mais dois milleanos, um homem e uma mulher.

— Você tem que tingir o cabelo e a pele de verde. Não se preocupe. É maquiagem de teatro. Com esse spray, vai sair facilmente. Não borra nem com suor — disse a mulher com sotaque.

— Por quê? — perguntou Emma enquanto era maquiada.

— Tem uma mulher que morreu há dois dias. Uma amiga minha. Como ainda não comunicamos à Secretaria de Assuntos Espaciais, você vai se passar por ela.

Pela foto, ela era linda, lembrava Vivien Leigh. Emma teve a sua autoestima abalada, mas a mulher, que parecia esteticista, caprichava na maquiagem.

Enquanto isso, os três homens entravam em contato com várias pessoas.

— Vamos partir daqui a três horas. No último voo que sai do porto espacial.

— Um voo só de milleanos não vai chamar atenção. Mas se descobrirem que ela (Emma) está junto, vamos ter problemas.

— Deve levantar suspeitas quando perceberem que todos os milleanos da região de Tóquio e arredores desapareceram. Em um mês, os nossos compatriotas espalhados pelo mundo voltarão à terra natal.

— Quanto a isso, não se preocupe. Já foi anunciado que é época de peregrinação à Terra Santa, que acontece uma vez a cada sete anos. Há registros históricos sobre isso, e o governo da Terra não pode se intrometer. O problema é quando chegarmos ao nosso planeta.

— Ninguém tem a intenção de voltar à Terra. Os terráqueos devem contestar, mas não é motivo para começar uma guerra interplanetária. Os outros planetas não vão ficar quietos.

— Mas os interesses dos planetas estão interligados de forma complexa.

Emma teve que tirar a roupa e usar um modelo que era claramente do agrado dos milleanos.

— Veja só, é a *Marianne de ma Jeunesse*! Só o corpo está um pouco desproporcional, né, Emma? — disse Sol, fazendo gestos exagerados.

A inspeção a que foram submetidos no porto espacial foi simples.

— Eles são funcionários temporários. Os efetivos estão com problema gástrico. Comeram carne de boi selvagem do planeta Mirin em excesso — explicou Jeva para Emma.

— Você é um grande estrategista — intrometeu-se Sol.

— É tudo para concretizar a sua história de amor, Sol. "Um em Tóquio, um em Ginza...", como diz a música. — Jeva começou a cantar uma canção que fez sucesso muito tempo antes.

Não havia quase ninguém no porto espacial.

— Não é bem assim — justificou-se Sol com um cigarro na boca e as mãos no bolso.

— Ei, vamos viajar por qual companhia? World New Space? Ou Stardust Space Service? — perguntou Emma baixinho.

— Não é nenhuma dessas grandes. Vamos de Mill Space Line — disse Sol jogando fora, com pesar, a última caixa de cigarros.

— Que bom. Então tanto o capitão como os maquinistas são milleanos. Achei que vocês iam sequestrar uma nave espacial no meio do caminho.

— Se fizermos isso, vamos entrar no jogo dos terráqueos. Eu dei uma olhada na lista de passageiros e tomei um susto quando vi que tinha mais um terráqueo. Mas é mestiço, um dos pais é milleano. Está muito difícil entrar no nosso planeta hoje em dia. Só tem dois grupos de terráqueos autorizados a entrar: a equipe de pesquisa científica, que vai de nave espacial fretada, e uma empresa que exporta produtos agrícolas. Se bem que só os poucos executivos dessa empresa são terráqueos, e a maioria dos trabalhadores é do nosso planeta.

Emma foi tomada de apreensão outra vez. Segurou o braço de Sol, que observava a tela de aviso. Quando ensaiou fazer uma pergunta, ele foi mais rápido.

— Vamos — disse, dando um tapa nas costas dela.

A voz do anúncio ecoou na ampla sala de espera. As pessoas de rosto verde se levantaram e caminharam até a entrada da esteira rolante.

— É a primeira vez que entro numa nave espacial. Não conheço nem Marte. A minha irmã mais velha foi para o planeta Kamiroy na lua de mel.

— É mesmo? — disse Sol, distraído.

Era normal ele estar pensativo, mas Emma ficou irritada. Segurou com mais força o braço dele.

Uma gigantesca nave espacial prateada surgiu na frente deles.

O quarto duplo destinado aos dois tinha paredes de cor creme e teto baixo. Sol parecia estar sempre ocupado. Nas poucas vezes que voltava, logo entrava em estado de alheamento psicológico. Passaram a ter só conversas fragmentadas, e Emma desconfiava de que ele a evitava. Só ela comia no quarto: a refeição era trazida numa bandeja parecida com a usada em hospitais.

— Não tem jeito — ele a consolou, paciente, segurando a mão dela. — Eu tenho que comer com os outros no refeitório, precisamos discutir sobre os planos e possibilidades futuras até a exaustão.

— Mas eu fico aqui sozinha, isolada. Só porque sou terráquea.

Sem que ela soubesse, algo grave estava em curso. E ele estava escondendo isso dela.

— Preferia não ter te conhecido. Abandonei a minha família e a minha terra natal. E sou excluída por vocês.

— Você, com essas lamúrias outra vez. Tente entender um pouco a minha situação.

— Como? Eu nem sei o que está acontecendo. Como quer que entenda a sua situação?

— Você está irritada porque fica trancada neste quarto. Mas não posso deixá-la circulando livremente dentro da nave. Afinal, o que vão pensar quando te virem...

— Não estou me sentindo bem. Acho que vou enlouquecer. *Ele deveria olhar nos meus olhos quando conversa comigo, em vez de olhar para o lado.* Também está cada vez mais magro e os olhos brilham. Parece uma libélula. Será que estava comendo direito? Estava conseguindo descansar?

— Não consigo respirar direito. Não tenho apetite e sinto tonturas. Esses sintomas não devem ser só porque estou em outro ambiente. Não deve ser por causa da comida em si também. Será que estão colocando alguma substância estranha na minha refeição? Drogas, por exemplo?

Sol permaneceu fitando a parede. Ela teve vontade de tocar no ombro dele, mas sentiu que não deveria fazê-lo. O perfil dele era de máxima melancolia.

— Vou pedir para um médico dar uma olhada — disse ele com a voz rouca depois de um tempo.

— Ainda não estamos chegando? Falta mais quanto tempo?

— O piloto desta nave não é bom em *warp drive*, pois obteve a licença há trinta anos — disse, virando-se e dando um sorriso.

— Você está escondendo algo de mim? Aconteceu alguma coisa? — perguntou Emma, apoiando a mão no ombro dele.

— Não estou escondendo nada! — gritou ele. As suas bochechas tremiam levemente. Os olhos se estreitaram e irradiaram um brilho forte. O rosto estava branco como uma escultura de plástico.

— Não aguento mais. Quero voltar pra Terra! — gritou Emma, tremendo.

— Então volte agora mesmo! Peça pra te colocarem num foguete salva-vidas! — disse Sol com o rosto pálido e translúcido.

Emma se levantou e tentou sair do quarto dando-lhe um empurrão. Mas a mão dele foi um pouco mais rápida e a empurrou primeiro. Ela sentiu um impacto na testa e foi assolada pela dor logo em seguida. Ele envolvia com a mão o punho que a golpeara.

— Não faça escândalo — disse ele com uma voz estranha e contida. — Se não consegue confiar em mim, tente perdoar. Mas mesmo não conseguindo, não pode desistir. — A voz dele estava tranquila como sempre. Ou melhor, soou triste.

— Você não pode esquecer, Emma. Eu nunca vou esquecer como foi o início do nosso namoro e o que aconteceu depois. Por que você acha que no nosso planeta não aconteceu nenhuma guerra nos últimos dois mil anos? É porque não esquecemos. Não esquecemos o medo e a tragédia. Quando são muito intensos, ficam registrados nos nossos genes, mesmo que seja em proporção bem pequena. Jamais esquecemos as fortes emoções.

Emma pressionou o galo da testa com a mão.

— Está doendo? — perguntou Sol se aproximando e alisando o rosto dela.

— Está.

— Por que será que vocês se esquecem rápido das coisas? Nós, milleanos, nunca lembramos com nostalgia a época das guerras. As emoções nunca se transformam e as memórias nunca se dissipam. Por isso, quando atingimos certa idade e a nossa capacidade psicológica chega ao limite, não continuamos vivendo como mortos-vivos. Claro, a idade para isso acontecer depende de pessoa para pessoa, varia conforme a experiência, a sensibilidade e a capacidade psicológica. Mas quando chega esse momento, decidimos partir — disse, fitando-a de frente. Parecia sussurrar, consolar. Emma sentiu o hálito dele.

— Você também, Sol? — disse, baixando o olhar.
— Eu também.
— Quando? Não vai ser em breve, vai?...
— Não posso dizer. Mesmo sabendo, não posso avisar — respondeu, demonstrando sofrimento.
— Tem gente que avisa?
— Acho que sim.

O silêncio envolveu os dois. Estavam num quarto sem janelas e não podiam nem ver as estrelas. Por mais quanto tempo teria que aguentar? Que coisa, ficar confinada sem saber o que estava acontecendo.

Dava para ouvir o ruído de alguma máquina vindo de longe. *Será o barulho do computador? Acho que não vou mais voltar para a Terra*, pensou Emma.

— Estou cansada — disse e voltou à cama. Tinha tempo de sobra para dormir. Nos últimos dias a única coisa que fazia era dormir. Emagrecia a cada dia que passava e definhava cada vez mais.

— Vamos nos casar amanhã. Esteja preparada — disse Sol ao sair do quarto.

Emma estava extremamente indisposta. Era como se estivesse em queda livre num buraco bem fundo. Saiu da cama com grande dificuldade.

Eles se casaram com a roupa espacial que usavam dentro da nave. Durante toda a cerimônia, Emma sentiu-se péssima. Sabia que para entrar no planeta Mill teriam de fazer esse procedimento. Mas não queria ficar ao lado de Sol quando não se sentia feliz. Foi praticamente arrastada até o local.

Depois da cerimônia, voltou para a cama. Aplicaram-lhe uma injeção e deram-lhe remédios. *Vou morrer logo*, pensou. *Será que estou sendo cobaia de algum medicamento?*

Jeva veio visitá-la no quarto.

— E aí, como se sente?

— Péssima — respondeu Emma com dificuldade, a voz saiu chiada.

— Não está feliz? — perguntou ele preocupado.

— Claro que não. Não imaginei que me casar com Sol fosse me deixar tão deprimida. Deve ter alguma conspiração por trás disso — disse Emma fitando-o com olhos penetrantes.

— É melhor não falar muito. Vai ficar cansada.

— Não me importo. Vou morrer mesmo. Vou falar tudo que tenho vontade. Venha com a lógica mais tarde. Que morram todos.

— O governo terráqueo chegou à conclusão de que a irmã do diretor da Secretaria de Assuntos Espaciais foi sequestrada pelos milleanos. Tivemos que fazer a cerimônia de casamento para provar que você veio por vontade própria. Mas eles não acreditaram e alegam que você foi ameaçada ou drogada para aceitar o casamento. Se bem que nem eles acreditam nessa versão.

— Pra mim, tanto faz. — Emma já não queria saber de mais nada. Como deve ser triste morrer dentro de uma nave espacial como aquela.

— Além disso, estão acusando Sol de outro crime — disse Jeva. — Conhece a Luana? Parece que ela foi assassinada dois dias antes de partirmos.

— Não vou ficar nem um pouco surpresa se me disserem que foi Sol — disse Emma ofegante.

Sol entrou no quarto.

Emma o encarou com olhar impiedoso. Jeva saiu para deixá-los a sós. Sol se sentou na cadeira e a fitou com olhos excepcionalmente brilhantes.

Ecoavam sons do computador misturados com ruídos embaçados que pareciam batidas.

— Assassino, você? Quem diria... — disse ela sorrindo levemente em meio à tosse.

— É o que você pensa de mim? — perguntou Sol. O rosto dele tinha uma cor estranha, talvez estivesse com febre.

— Não sei o que fizeram com a Luana, mas fato é que estão me matando aos poucos, lentamente — disse, ofegante. Mal conseguia respirar.

— Por que você acha isso? Se fosse pra te matar, não teria te trazido.

— É porque tiveram que mudar os planos. Algo deve ter dado errado. Além disso, as pessoas do seu planeta devem me odiar. Sou uma estranha, um fardo.

Ela estava certa de que misturavam alguma substância tóxica na comida e no remédio que lhe ofereciam. Sol sabia disso e não fazia nada para impedi-los. Ela, no entanto, não fazia ideia do sofrimento pelo qual ele passava.

— ... Acho que não venho mais te ver — balbuciou ele.

— Você vai partir? — Emma tentou se sentar na cama com muito custo.

— Não sei.

Um clima pesado envolveu os dois. Emma se lembrou de ligar o rádio. Mesmo não conseguindo ouvir a transmissão da Terra, certamente conseguiriam ouvir a transmissão pirata de alguma estação de trânsito ou da nave espacial.

Nenhum canal transmitia noticiário. Só música. Começou a tocar "*Love Portion No. 9*" de modo entrecortado.

"Esta semana temos o especial da década de 1960. Recebemos muitos pedidos e gostaríamos de tocar todas as músicas. A próxima é '*Satisfaction*', de uma banda chamada Rolling Stones. Conhecem?"

— *I can't get no satisfaction...* — Emma cantou baixinho acompanhando Mick Jagger. Logo ficou sem fôlego. *Vou morrer em breve*, pensou.

"A próxima é... Quê? Bessie Smith? É de outra década. Vocês acham que basta ser velho pra ser bom? Não é bem assim. Odeio ver o pôr do sol, ela canta... Bom, não importa. Vou tocar. Acho que vou ser mandado embora..."

O DJ falava com leveza. Começou a tocar "*The St. Louis Blues*", mas não era Bessie Smith que cantava.

— Você disse que nunca se esquece das coisas. Mesmo agora consegue se lembrar? — disse Emma silenciosamente.

— Lembrar do quê? — perguntou Sol com olhos vagos. Parecia um paciente com depressão.

— O que houve entre a gente. O que você disse.

Começou a tocar "*The Heliocentric Worlds*" de Sun Ra. Que seleção mais sem sentido. Emma desligou o rádio.

Sol esticou o pescoço e exibiu uma fisionomia que adquirira recentemente, incompreensível para ela.

— Ou você se esqueceu? — perguntou Emma.

O silêncio assolou os dois como se fosse uma avalanche. Ele permaneceu calado.

— Responde — disse Emma em tom mais firme.

— ... Esqueci — disse Sol.

Na cabeça dela um jazz moderno ruidoso começou a remoinhar. Expelindo um longo suspiro, deixou o braço pender da cama.

Naquela noite, a última consciência de Sol adentrou nela. Na madrugada, ele partiu.

Aconteceu uma guerra interestelar, ou melhor, um pequeno conflito. Seis meses depois, o planeta Mill se tornou colônia da Terra.

TÉDIO TERMINAL
Tradução: Eunice Suenaga

[Ele] estava de pé em frente à catraca. Usava roupas estilosas que não combinavam com o corpo, provavelmente tudo emprestado do pai. A calça, em especial, estava muito larga. [Ele] acenou com a mão sem se desencostar do pilar.

Inseri o bilhete e esperei a barra metálica se abrir. O rapaz que vinha atrás se grudou nas minhas costas. Devia estar sem bilhete. Depois de passarmos pela catraca juntos, ele agradeceu balbuciando e saiu caminhando languidamente.

— Que foi aquilo? — disse [ele] esboçando um riso de escárnio.

— É o que você sempre faz.

— Aqueles caras que não conseguiram passar estão lá, em grupo.

— O que vão fazer? Quero dizer, quando o último trem sair?

— Vão ser expulsos. Só isso.

— Ah, é? Achei que tinham que passar a noite aqui se um responsável não viesse buscá-los.

— Isso acontecia antigamente. Hoje em dia, como são muitos, não conseguem comportar todos aqui dentro.

Estávamos encostados no pilar lado a lado. Mas logo senti cansaço nas pernas e me agachei. [Ele] fez o mesmo.

— Vamos pra algum lugar? — suspirei.

— Ah, que tal subir ao térreo? — disse [ele], soltando um suspiro também. E completou de modo teatral: — Quando nos encontramos, fazemos sempre as mesmas coisas. Acho que nos amamos profundamente.

Fiz uma expressão de desdém. Éramos parecidos desde o início, e dois anos atrás isso me deixava feliz. Além do mesmo signo e tipo sanguíneo, a nossa altura e peso eram iguais. Mas agora estou dois centímetros mais alta.

— Puxa vida. — [Ele] se levantou. — Só de me mover um pouco, parece que vou morrer. Por que sinto o corpo tão mole?

— Você não comeu nada, né?

— É mesmo. Tinha esquecido.

— Eu procuro comer antes de sair de casa. Já desmaiei várias vezes. Parece que temos que comer pelo menos duas vezes por dia.

— Por que será? — disse [ele] como se fosse um idiota. Achava que [ele] fingia ser bobo, mas às vezes desconfiava que fosse de verdade.

— Porque é muito entediante ficar sem fazer nada.

— Sim, você tem razão.

Nas extremidades da escadaria que dava para o térreo, rapazes e garotas (de cerca de doze, treze, até trinta anos) estavam sentados. Eram todos desempregados.

— Que tal irmos ao refeitório dos desempregados? — perguntou [ele], virando-se.

— Eu não quero, lá só tem pessoal da yakuza. Se roubarem nosso documento de identidade, estamos perdidos. Eles vendem no mercado ilegal.

— Mas eu estou com você — assim que falou, [ele] mesmo começou a rir. Fiz uma cara de entediada.

Na superfície, o sol brilhava intensamente. Uma cidade suja se abria à nossa frente. Tenho medo de lugares abertos. Não estou acostumada a ver paisagens sem moldura. Me sinto tranquila quando vejo figuras emolduradas seja por uma janela de verdade ou uma falsa. Será que é resultado de assistir à TV em excesso?

— Acho que vou fazer compras.

— Não estou a fim. Te espero aqui fora — eu disse.

— Mas preciso de uma colaboradora. Se bem que você é desajeitada, vai me atrapalhar.

[Ele] se orgulhava do fato de nunca ter sido apanhado surrupiando mercadorias nas lojas. O segredo é encontrar um ponto cego onde nenhuma câmera de segurança alcança, costumava dizer.

Enquanto caminhávamos na direção da praça com chafariz, [ele] olhava com atenção as lojas dos dois lados da rua. De repente entrou numa farmácia. Eu continuei caminhando lentamente e [ele] logo me alcançou, permanecendo em silêncio por um tempo. Quando chegamos a uma ruela, [ele] virou, devia ter um lugar onde conseguia trocar as mercadorias por dinheiro.

Quando desceu do segundo andar do prédio, estava com dinheiro na mão. O valor era irrisório.

— Toma — disse [ele] estendendo a mão. — Puxa vida. Tinha um funcionário atento que não tirava os olhos de mim. Sei que ele não quer perder o emprego. Mas por isso tive que pegar uma coisa que nem consigo vender — disse [ele] tirando uma pequena caixa do bolso.

— O que é isso?

— Uma espécie de contraceptivo pra ser usado depois do ato. Como nunca comprei, não sabia o que era. A pessoa que compra as mercadorias me explicou.

— Quem será que usa?

— Devem ser os velhos tarados. Que fazem muito aquilo ou que têm muito sêmen. Devem ter alguma peculiaridade metabólica estranha pra fazer essas coisas hoje em dia. Que foi?

— Estou tentando lembrar quando foi a última vez que fiz aquilo.

— Se foi comigo, foi dois anos atrás, quando nos conhecemos. Fizemos duas vezes.

— Ah, é mesmo.

— Você fez com mais alguém depois?

— Não, aquilo deixa a gente exausta, não dá pra fazer a qualquer hora.

— É verdade. Mas não é tão ruim ficar exausto. Dá a sensação de dever cumprido. Se não deixar cansado, não tem graça, não acha?

— Não sei.

Talvez devêssemos fazer aquilo. Ficamos um ano sem nos ver porque não fazíamos, pensei. O romantismo arrefeceu. Voltamos a nos ver depois que [ele] apareceu num programa de TV. A minha mãe é executiva da produtora que faz esse programa, *Quarto da psicanálise*, que diz retratar a vida real, mas na verdade é tudo encenado. Quando liguei para [ele] e perguntei por que decidira participar, respondeu: "Porque minha mãe poderia ficar com pena de mim e vir me buscar". *Como uma mãe que sumiu há quinze anos vai reconhecer o filho de vinte e um anos que aparece na* TV *de forma anônima?*, pensei, mas não disse nada.

 Entramos num restaurante de fast food. A placa dizia "Zôsui Gourmet", mas não entendi o porquê de se chamar gourmet. Ao pegar a bandeja com duas tigelas de *zôsui*, sopa à base de arroz, senti uma leve tontura. Lembrei que não comia nada desde o dia anterior, apesar de ter chamado a atenção [dele]. Lembrei do noticiário da TV que dizia que aumentava o número de homens e mulheres jovens que morriam de fome esquecendo-se de comer.

 — Estou com um pouco de vergonha — eu disse, levantando a colher.

 — É, né? — [ele] anuiu com a cabeça.

 — Sempre como sozinha.

 — Eu também — disse [ele].

 Comemos sentados lado a lado, assistindo ao vídeo que passava na tela. Tínhamos que olhar para algo para nos sentirmos mais relaxados. A tela mostrava o pôr do sol de alguma ilha do sul. Como a câmera não se movia, dava a impressão de olharmos para uma janela falsa. Quando o sol se pôs por completo, começou o *Top 10 da semana*. O atrativo daquele restaurante era ter sempre vídeos novos.

 Coloquei as tigelas uma sobre a outra e as joguei na lixeira próxima.

 — E *ela*, como está?

 — Hã? — disse [ele].

 — A menina com quem você começou a sair depois de mim.

 — Não tenho mais visto.

 — Por quê?

[Ele] franziu as sobrancelhas.

— Ela tem pai e mãe — disse [ele] suspirando com ar de resignação.

— Nossa, que raro.

— Talvez por isso ela não desconfie de nada neste mundo. É bem-disposta, ruidosa e tem até esperança.

— Esperança de se casar com você?

— Esperança de ter filhos.

— Por meio de fecundação *in vivo*?

— É. Ela deve conseguir, não acha? Pelo físico que tem.

Sim. Ela devia medir um metro e cinquenta e pesar cinquenta quilos. A média tanto de homens como de mulheres era um metro e setenta e cinquenta quilos.

— Não quero mais falar dela — disse [ele] suspirando outra vez, e voltou a olhar para a tela.

Teria mais algo a dizer sobre ela? Ela teria menstruação? Quando eu era mais nova, menstruei por uns dois ou três anos. Mas depois dos dezoito passei a comer cada vez menos e, quando me dei conta, não menstruava mais. Para começar, as pessoas com o físico tipicamente feminino (ou tipicamente masculino) não fazem sucesso. Ultimamente só as pessoas de meia-idade ou mais velhas e as gestantes que seguem a dieta especial do hospital são rechonchudas.

[Ele] observava a artista da tela. Deve ser por essa cantora que [ele] está apaixonado de verdade. Como eu também tenho um artista favorito, sei que por mais que me mostre enciumada, não vou conseguir ganhar dela. Ela não passa de uma imagem. Mesmo assim, tenho ciúmes.

— Você votou nela na última eleição da câmara baixa? — perguntei.

Acho que devo ficar enciumada. Afinal, ([ele] e eu) vivíamos um romance, apesar dos pesares. Mas assim que fiquei consciente do meu dever, senti um vazio.

— Votei, sim. Qual o problema? — disse [ele].

— É uma bobagem poder votar a partir dos quinze.

— Talvez.

— Ainda mais fazendo aquela campanha: "Jovens, brilhem! Bora votar na Xª eleição!".

— Mas graças a isso as pessoas estão votando mais. Basta clicar o número do artista favorito na frente da TV.

— Mas não é divulgado quem os artistas escolhem com os votos que recebem.

— Sei disso, não precisa explicar o óbvio — [ele] balançou a cabeça. — Vamos sair daqui — disse.

Havia muitos desempregados na rua: de pé, sentados, conversando ou tocando algum instrumento.

— Por que tem tanta gente assim? — [Ele] não estava mais mal-humorado.

— Porque aqui é Shinjuku.

— Por que será que vêm todos para cá? Mesmo não tendo dinheiro para pagar o bilhete de trem.

— Não é pra ficar vendo? Vendo uns aos outros.

O número de desempregados da rua aumentava à medida que nos aproximávamos do Teatro Koma. Duas naves-patrulhas da polícia sobrevoavam o céu. De tempos em tempos, desciam e repetiam a mesma gravação: "Não é permitido permanecer no mesmo lugar por mais de vinte minutos. Desloquem-se".

Nos sentamos num dos bancos quando chegamos à praça.

— Que foi? — perguntou [ele], pois não tinha nada para falar.

— Nada. — Fiquei irritada assim que respondi.

— Está tudo bem com você? — perguntou [ele].

— Tudo.

— E a sua mãe?

— Tudo bem.

Ficar com um rapaz idiota como [ele] não vai me levar a lugar nenhum, pensei.

— E você? — perguntei.

— Quer saber se estou bem? Estou, sim.

— E o seu pai?

— Parece que está na adolescência — riu [ele] levemente. — Às vezes fica em silêncio, pensativo.

— Por quê?

— Deve estar com crise de identidade. Com sessenta anos.

Rimos juntos.

— Acho que está apaixonado — explicou [ele]. — Os idosos têm energia, não concorda? Ele está empolgado: escreve diário, escreve cartas e envia até presentes.

— Pra uma pessoa de verdade? — perguntei. Era um jeito estranho de perguntar, mas pelo jeito [ele] entendeu. Eu quis dizer, para alguém que não era artista.

— É, parece que não é uma porta verde — respondeu [ele].

Falava de imagens. Diziam assim de alucinógenos também.

— Paixão de velho é complicado, não acha? — perguntei.

— É, sim. Fazem aquela cara de tragédia. Diferente da *gente*. Pra nós, romantismo é como uma obrigação, né? Tem a pressão de que os jovens têm que se apaixonar. Ou vivemos um romance porque não tem outra coisa pra fazer — disse [ele], e acrescentou de forma afetada: — Não, não falo de você. *Você é especial. Não preciso nem falar, né?*

— Sério? — eu disse olhando para [ele] movendo só os olhos. Não sabia se estava irritada de verdade. Encenar já fazia parte da minha personalidade. *Mesmo não ficando irritada, não deveria me sentir feliz ouvindo o que [ele] disse*, pensei vagamente.

— Eu te dou carinho — disse [ele] com voz ríspida. Talvez [ele] também estivesse encenando.

— Que tipo de carinho? — perguntei, mesmo achando que tanto fazia.

— Por exemplo...

"Você, de roupa preta, saia daí", a nave-patrulha ordenou e veio descendo. "Saia daí."

O homem de roupa preta se levantou de súbito e começou a correr. O *jeito* dele correr não deve ter agradado. O tentáculo da nave se estendeu e o homem levantou as mãos. Se fosse preso com os braços junto do corpo, poderia se machucar. Ele foi levado suspenso pelo tentáculo da nave-patrulha.

— Que terrível — disse [ele] olhando para o alto.

— O que vai acontecer com ele? — perguntei.

— Advertência e multa.

— Você já foi preso, né?

— É, a polícia... A polícia prende as pessoas quando dá na telha. Eles inventam qualquer desculpa.

— Qual é a sensação de ser preso?

— Como fiquei de braços abertos, lembrei da cena inicial do filme do Fellini.

Não sabia do que [ele] falava.

— Você não sabe de nada. Por isso é dispensada assim que começa a trabalhar.

Temos que fazer a prova de seleção de emprego uma vez a cada seis meses, e isso fica registrado no nosso documento de identificação. Não sei a quais punições somos sujeitos se deixamos de cumprir com essa obrigação.

— Eu sempre passo nas provas de emprego — tentei contestar sem convicção.

— Que tipo de trabalho?

— Garçonete — respondi. — Mas tem requisitos até pra garçonete. Por exemplo, altura mínima. A sua *namorada* nunca ia passar.

— Ela vive ficando noiva, então é dispensada das provas de emprego. Ela alega que está se preparando pra casar. Ei, voltamos ao mesmo assunto.

— Você ficou noivo? — perguntei.

— Não quero falar disso.

Então [ele] ficou, concluí.

Roí as unhas. [Ele] pegou minha mão e a apertou de leve.

— Não enche o saco. Fico irritado.

Fiquei calada.

— Mas e você? De quem era aquela ligação do outro dia? — perguntou [ele].

— Hã? Que foi de repente?

— Quando estávamos a sós na sua casa, você recebeu uma ligação. Não ligou a tela porque era de homem, né?

— A pessoa que me telefonou não ligou a câmera — respondi.

— Ninguém faz isso.

— Faz, sim. Vivo desligando a câmera quando não quero que vejam meu rosto.

Que clima terrível.

— Quando, por exemplo?

— Quando estou descabelada.

— Mas quando você fala comigo, sempre liga a câmera. Mesmo quando está despenteada.

— É porque é você.

Quero voltar para casa e ficar sozinha.

— Depois da ligação, você quis que eu voltasse logo pra casa.

— Não é nada do que você está pensando — eu disse.

Como vou encerrar esta conversa?

— Você quer voltar pra casa, né? Porque estou te deixando encurralada.

Ouvimos um som abafado atrás de nós. Um homem golpeava a cabeça de uma mulher com algo duro e pesado. Ele bateu várias vezes na mulher, que estava com os braços levantados. Depois de um tempo ela gritou e desmoronou no chão. Estava toda ensanguentada.

Ela ficou imóvel. "Bem-feito, é castigo por ter feito...", o homem murmurava.

Ele saiu caminhando sem se importar com o sangue da vítima no corpo. Ninguém se mexeu. A nave-patrulha demorou dois minutos para chegar.

Achei que [ele] fosse ter um ataque de anemia, pois seu rosto, que já era branco normalmente, estava pálido.

— Que vívido — disse [ele] olhando a poça de sangue.

— Vamos — eu disse.

— Espere. Fiquei atordoado vendo uma cena tão impressionante. Parecia de verdade.

— Era de verdade — eu disse.

— Ah, é mesmo.

A polícia foi ríspida quando [ele] tentou sentir o cheiro de sangue. Mas era tudo fingimento, pois [ele] praticamente não tem olfato. Não sente nem cheiro nem sabor. Eu também tenho essa tendência. Talvez por isso as crianças de hoje em dia praticamente não liguem para alimentação. E talvez por isso os acontecimentos do cotidiano pareçam cenas de TV.

— Eu sempre imagino uma moldura envolvendo os acontecimentos. Assim, tudo parece novo e posso continuar assistindo despreocupado — murmurou [ele] como se fosse um monólogo. E disse, sorrindo para mim (talvez não fosse exatamente um sorriso, poderia expressar outro sentimento): — Fazia tempo que não me excitava desse jeito. E não era encenação. Não tinha nenhuma equipe de filmagem de TV? Queria que minha mãe visse.

Não respondi. Senti que a situação começava a sair do controle, apesar de não conseguir explicar em palavras.

Não havia nenhuma equipe de TV.

Tinha um homem de cerca de trinta anos gravando com sua filmadora (por hobby).

— Vou pedir pra ele — disse [ele], voltando a ser o rapaz alegre de sempre.

— Pedir o quê?

— Uma cópia.

*

Pelo visto minha mãe voltou. Eu estava assistindo a ... *E o vento levou* quando ouvi um ruído na porta. Tentei me concentrar na tela, sentindo-me irritada com o barulho. Já estava quase no final. Rhett Butler sai de casa e Scarlett O'Hara se prostra na escada. Eu sempre choro nessa cena. Todas as vezes.

Desde que me conheço por gente (há uns dois anos), nunca chorei na vida real. Quando algo grave acontece, sempre tento me convencer de que não é nada importante. Faço de tudo para ser atingida o mínimo possível pelos acontecimentos. Isso virou hábito e acabei me tornando uma pessoa impassível. Mas em se tratando do mundo da ficção, consigo chorar de forma despreocupada.

A minha mãe foi ao seu quarto.

Chorei cântaros e pensei no que teria acontecido a Scarlett depois. Será que ela ia reconquistar o amor de Rhett? Pelo temperamento dele, talvez não voltasse atrás na decisão que tomara. Ele não era inseguro como os namorados que eu tive. Todos os homens dos filmes parecem difíceis de lidar. Eles se apegam a sua masculinidade: ao orgulho masculino, ao comportamento viril. Às vezes parecem bobos. Compreendendo o princípio com que agem, talvez fique fácil de lidar com eles.

Ao pressionar o botão, a tela ficou escura.

— Tudo bem? — Apareceu minha mãe. Ela segurava uma caixa de lenços de papel na mão e removia a maquiagem.

— Bom, tudo bem — respondi. Me senti envergonhada, ou melhor, não sabia como reagir. Ficava sem jeito toda vez que falava com ela.

— O que tem feito ultimamente? Alguma novidade?

Não podia ignorá-la, já que ela tentava manter uma comunicação com a filha.

— Nada de mais — disse. — Faço as coisas de casa e fico distraída.

— Que bom que tem muito tempo livre — disse ela agachando-se e esfregando o rosto com o creme removedor de maquiagem. Não era agradável ver uma mulher adulta naquela posição.

— Se verificar a memória do telefone, vai ver... O papai ligou — eu disse. Era um assunto delicado.

— É mesmo? — disse ela sem alterar a expressão. Ou melhor, como o rosto estava todo branco, não dava para notar a expressão. — O que ele queria?

— Eu gravei a conversa... É difícil falar com ele. As nossas ondas não se sintonizam. Sei que tem boas intenções...

— Ele é sufocante, digo, o temperamento.

Será que eu devo concordar?

— É exagerado — disse ela meneando a cabeça. O creme do rosto estava ficando transparente e quando lhe avisei apontando o dedo, ela começou a removê-lo com o lenço de papel. — Aquele temperamento é típico das pessoas do século XIX. Não gosto dos rapazes de hoje em dia, que não são nada claros. Mas teimoso àquele ponto também me deixa irritada...

— Ele quer voltar com você, né?

Não me sinto à vontade quando a TV está desligada. Mas ao mesmo tempo acho um desrespeito ligar na frente dela.

— Você achou isso? Teve essa impressão?

— Achei.

— Continua um idiota! — ela falava do ex-marido. — Nem um boneco de lata consegue ganhar da firme visão de mundo dele. Ele vai continuar daquele jeito enquanto o paraíso existir.

— Mãe.

— Que foi?

— Você sabe muitas palavras.

— Claro, não sou que nem você, que vive na frente da TV. Eu leio livros.

Quando ela terminou de limpar o rosto, havia um montículo de lenços de papel. Eu os joguei no lixo.

— Depois a mulher do papai ligou.

— Quê? — disse minha mãe levantando-se com a caixa de lenço de papel na mão.

— Ela perguntou: Por acaso meu marido está aí? E ficou resmungando. Ela é feia — disse eu, tentando adular a minha mãe. Afinal, ela me sustentava. Queria fazer de tudo para agradá-la. Diferente [dele], que, assim como eu, tinha só um dos pais. [Ele] achava que a mãe tinha saído de casa por causa do pai, e procurava sugar o máximo que podia dele ao mesmo tempo que o ignorava. Para [ele], a trombeta do céu vai retumbar no dia em que a mãe voltar. É o dia em que vai ser salvo, em todos os sentidos. Mas como esse dia nunca vai chegar, podia ter ilusões grandiosas à vontade.

— Você acha que sou mais bonita do que ela? — perguntou minha mãe com o rosto oleoso e brilhante.

— Acho. Aquela mulher é baixa e gorda, tem pele escura e voz rouca — eu listei as características da mulher para agradar minha mãe, mas aos poucos percebi que ela se parecia com a garota que ficou noiva [dele]. A questão não era se eram de fato parecidas ou não. Se a imagem delas se assemelhava, podiam ser tratadas como iguais. Fiquei emocionada com minha percepção e disse com firmeza: — Além disso, ela teve quatro filhos por métodos naturais. Parece bicho.

Minha mãe demonstrou clara satisfação. Ela queria ser a número um em tudo.

— Mas hoje em dia tem muitos gatos inférteis — murmurou. Na hora de ir para o quarto, disse: — Venha, vamos conversar.

Será que uma conversa entre mãe e filha é tão importante assim? Como tem muitas novelas com esse tema, deve ser.

Quando entrei no quarto, ela já tinha terminado o tratamento da pele e fumava na cama, deitada de bruços. Era um mau hábito que não queria mostrar aos outros.

Me sentei na cadeira perto da cama e abracei uma das pernas dobradas.

— Tem relação com meu trabalho — disse ela. Acenei com a cabeça em sinal de que estava ouvindo. — Você já ouviu que, ao aplicar estímulos elétricos em determinada parte do cérebro, a pessoa sente prazer, não é?

Não, nunca tinha ouvido, mas fiz que sim com a cabeça.

— Faz muito tempo que esse experimento foi feito pela primeira vez. O paciente com os eletrodos na cabeça pressionou o botão cinco mil vezes em uma hora. Um dispositivo que usa essa tecnologia ligada à TV está sendo comercializado. Assim que o aparelho de TV é ligado, o cérebro é estimulado. Mesmo que você não pressione o botão, é aplicado um leve choque automaticamente, a um intervalo adequado.

— Já ouvi falar disso. Uma amiga minha usava.

Essa menina estava sempre distraída. Será que era de nascença ou era por causa dos eletrodos colocados no cérebro?

— Mas ainda não é muito comum, né?

— Tem que fazer cirurgia? — perguntei.

— É bem simples. É rápido e não dói, dizem que é como furar a orelha — disse minha mãe. Por alguma razão parecia zangada.

— Com isso — eu disse, me sentindo obrigada a falar algo — a gente sente prazer? Enquanto assiste à TV?

— Acho que sim.

— Então não vou mais sair da frente da TV — eu disse. Mas, pensando bem, é o que já faço agora. Quando estou sozinha no quarto, geralmente estou vendo TV. E a maior parte do tempo estou sozinha no quarto.

— Uma grande campanha vai ser iniciada em breve. Pras pessoas colocarem esse dispositivo. Pessoalmente, sou contra — disse ela. Será que falava como mãe?

— Por quê? — perguntei.

— Tenho minhas dúvidas sobre usar esse método pra fazer as pessoas verem mais TV.

— Mas já está decidido, não está?

— Estamos preparando os comerciais. De cinco segundos e de quinze segundos. As chamadas usadas também me deixam enojada. "Mais emoção", "Felicidade: é você quem conquista". É indecente.

— Parece comercial de túmulo — eu disse o que me veio à mente.

— Você tem razão. Hoje em dia o inferno está na surdina e a imagem do paraíso envolve todo o país. A diferença entre os dois é que no inferno tudo é mais nítido e claro. No paraíso, tudo é ambíguo. Lá o prazer é passivo e ambíguo, não é nada ativo.

Ela quer dizer que isso não é bom? Mas por que não seria bom?

— Mas pro seu trabalho, mãe, é melhor assim, né? — perguntei.

— É, você tem razão.

— Deve ficar na moda — eu disse.

Eu era vulnerável às tendências. Como não tinha individualidade, minha reação inicial era querer experimentar tudo que estava na moda.

— Se você ficar viciada em TV, não vai conseguir fazer mais nada — disse ela.

— Mas não tem nada pra fazer — respondi, fingindo refletir sobre suas palavras.

— É mesmo? O que você faz o dia inteiro, enquanto eu trabalho?

— Não tenho horário pra acordar, mas procuro me levantar antes do meio-dia. Primeiro, bebo alguma coisa. Depois ligo a TV e começo a me sentir gente aos poucos. Em seguida tomo banho e só então começo a limpar a casa. Tenho que entrar em contato com água quente pro meu corpo começar a se mover. Depois lavo a roupa. Consigo fazer esses trabalhos domésticos em uma hora. O resto do tempo fico vendo TV.

Realmente não faço nada o dia inteiro. Até eu fico espantada.

— Só isso? — perguntou minha mãe. Ela achava que eu estudava?

— Como estou desempregada, não tenho dinheiro. Não posso ir a lugar nenhum.

— E à biblioteca?

— Lá só tem títulos mais famosos, tanto livros como vídeos. Outro dia tentei pegar emprestado *Blade Runner* e não tinha. Fiquei boquiaberta. Podia visitar as minhas amigas, já que posso fazer isso de graça, mas conversar me deixa muito cansada. Como não as vejo com frequência, não sei direito a distância que devo manter com elas. Se bem que é diferente do cansaço que sinto quando converso com o papai.

Conversar com minha mãe também me deixa cansada. Tenho dificuldade em me relacionar com pessoas de carne e osso.

— Você ainda não encontrou trabalho? — Ela se mostrou preocupada comigo.

— ... Não.

Não acho trabalho porque sou burra e infantil, penso. Cada profissão tem o QI necessário. A maioria dos empregos exige um QI mais alto do que o meu. É natural, pois tem mão de obra em excesso. Se bem que tem pessoas como [ele] que, apesar de ter um QI alto, esforça-se para ser reprovado nos exames de propósito. Pessoas que querem continuar sob as asas dos pais. No caso [dele], para se vingar do pai.

— Por que será? — perguntou minha mãe.

— Mãe, posso dizer uma coisa que talvez soe estranho?

— Claro.

— Acho que sou perseguida por mau agouro. Tá, é culpa minha ser mandada embora depois de trabalhar duas semanas e não receber salário. Mas geralmente até o restaurante que me contrata entra em crise. Desde o dia em que começo a trabalhar, não entra nenhum freguês. Acho que é um crime o fato de eu trabalhar como se fosse uma pessoa normal. Sinto que sou um estorvo pros outros.

— Deve ser impressão sua — riu minha mãe.

Por que ela afirma isso de forma tão categórica? Tenho inveja da autoconfiança dela. Será que é assim porque se dedica ao trabalho?

— ... Você pode me trazer água? — pediu, balançando a cabeça.

Fui à cozinha e soltei um suspiro. Tenho predisposição para suspiros, mas é duro ter que reprimi-los na frente dos outros. Esse é um dos motivos de não querer estar perto de outras pessoas. Mas com [ele], eu posso suspirar. Deve ser por isso que continuo saindo com [ele].

— Ei, você não quer voltar à escola? — perguntou minha mãe quando lhe entreguei o copo de água.

— Quase nenhuma escola me aceita — eu disse.

Depois que concluí o ensino fundamental, fui a uma escola de design que não tinha vestibular. Os professores não faziam nem chamada. Tinham um ideal nobre, valorizavam a educação livre. Eu me diverti muito lá. Mesmo depois de me formar, continuei frequentando as festas quando recebia convite. Conheci-[o] numa dessas festas e me agradou o fato de nunca termos sido da mesma classe. Mas não precisava ser [ele], em especial. Bastava ter mais ou menos a minha altura, ser magro e assexual como eu. Rapazes assim havia aos montes em qualquer lugar.

— Você não precisa se preocupar com dinheiro. Eu ganho bem.

— Eu sei. Posso voltar? — eu disse.

— Pode — respondeu e, estendendo a mão, começou a ajustar o relógio do sono.

Em vez de voltar à sala, fui para meu quarto. Abri a revista e examinei o guia de programação da TV. Como eram muitas colunas, demorei para achar. Quase passou despercebido, mas encontrei o nome da minha banda favorita.

Liguei a TV às pressas.

O Yûki (é esse o nome do vocalista) é lindo, inteligente, e para mim é o máximo. Me incomodava um pouco, no entanto, o fato de comentarem no programa da tarde que ele teria uma namorada.

Mas, claro, não muda o fato de que tudo é entediante. Com a exceção de quando o artista que decidi que era meu favorito aparecia. Não gosto do conteúdo do programa propriamente dito, acho que tem muita bobagem. Gosto do estado de ficar olhando distraidamente a tela, de não precisar agir de modo ativo. É extremamente penoso tomar a iniciativa de fazer qualquer coisa. O mais importante é evitar situações penosas.

Como queria ouvir em volume alto, coloquei o headphone. O programa continuava. Escorreguei lentamente para um mundo só meu.

Meu pai se matou.

Não sei o que houve entre ele e minha mãe. Ela pediu licença no trabalho e se internou numa clínica psiquiátrica estilo hotel. Segundo ela, vai escrever ensaios sobre o mundo da TV na clínica.

O que mais me aborrecia eram as ligações frequentes da mulher do meu pai. Pelo meu temperamento, mesmo quando alguém que detesto pega na minha mão, não consigo me livrar sacudindo-a. A única coisa que era capaz de fazer era ouvir, resignada, as recordações e lamentações da viúva de um homem que era quase um estranho para mim.

— Você entende o quanto eu amava seu pai? — perguntava ela, mas eu não sabia o que responder. Por isso permanecia calada. Não podia falar que eu sentia desprezo pelo meu pai.

Percebi que meu pai e a esposa dele combinavam muito bem. Os dois não desconfiavam do mundo. Provavelmente por isso um deles se matou. Acreditando que sua morte teria algum efeito. Quanto otimismo!

Ao mesmo tempo, (toda vez que via o rosto da esposa do meu pai) passei a lembrar da namorada [dele] como um reflexo condicionado. Fiquei louca de ciúmes. Acho que experimentava uma emoção depois de muito tempo. É bom ter emoções. Pelo menos melhor do que não ter nenhuma.

— Por que você não liga a câmera? — perguntou [ele] na tela.

— Porque estou pelada — menti. Queria ser um pouco maldosa com [ele].

— Põe roupa então. Fico inseguro se não te vejo.

— Não tem nada pra vestir — respondi contendo o riso.

— ... Tá bom, eu também vou desligar a câmera — disse [ele] e a tela ficou escura.

— O que você quer? — perguntei. Era esquisito falar sem ver o rosto, mas até que era divertido.

— Vou perguntar *uma coisa importante*. Você pode responder seriamente?

— Tá bom.

— Estou ficando com vergonha. Será que devo perguntar? ... Bom, como você não está me vendo, acho que tudo bem.

Que cara esquisito.
— Pode falar.
— Então, tá... Você gosta de mim?
— Gosto. Você sabe que sim.
— Gosta como?
— Como gosto de mim mesma.
— Uma resposta muito boa.
— Por que a pergunta?
— Bem, tenho um pequeno plano... Você está gravando? — perguntou [ele].
— Não.
— Mesmo?
— Não gosto de guardar cartas de amor. Que foi? O que você tem hoje?
— Estava pensando, podíamos ser um só corpo, uma só mente. O que acha?
— Não estou entendendo — respondi. O que [ele] quer fazer?
— Coloquei aquele dispositivo no meu cérebro. Tente colocar também. Sua visão de mundo vai mudar.
— Pode ser. Mas minha mãe não vai deixar. Se bem que ela não está aqui agora. Mas ela não vai me dar dinheiro para isso.
— Queria muito que você colocasse. Se não colocar, não podemos ser duas pessoas idênticas.
— O que acontece se colocar?
— Você deixa de se incomodar com as coisas desagradáveis. Ou seja, percebe que tem uma solução fácil pras coisas que considerava um grande fardo até então. Consegue encontrar um final absurdo pros problemas com facilidade, como num enredo conveniente. A realidade passa a parecer uma novela,

e a novela passa a parecer realidade. A fronteira entre as duas coisas fica ambígua, é como se vivesse num sonho.

— Que legal. Gosto do mundo que parece pesadelo.

— Às vezes fica confuso. Por exemplo, quando acontece algo, você tem que pensar um pouco pra saber se aconteceu com você, ou se aconteceu com os personagens da novela. Mas isso não é nada de mais, não acha?

— É verdade — respondi prontamente. Tanto faz se um acontecimento é novela ou realidade. O mais importante é me sentir bem, despreocupada. Mas é muito raro viver esse estado. Estava sempre muito entediada.

— Então se eu botar esse dispositivo, vou me sentir bem, livre de preocupações?

— É. Acho que tem relação com a liberação de endorfina. Outro dia não estava aguentando de dor de dente, mas liguei a TV e passou.

— End... o quê?

— É uma droga intracerebral. Se você corre por mais de oito semanas, essa substância passa a ser liberada em grande quantidade de um dia pro outro. Meu pai diz que sente tanto prazer que não consegue parar de correr. Ele está viajando agora, mas levou roupa e tênis de corrida na mala. Não dá pra acreditar. Os velhos são muito saudáveis. Mas vai ter algum problema, ainda vai torcer o tornozelo, por exemplo. Mas com esse dispositivo, não precisa nem correr.

— As pessoas de meia-idade são inacreditáveis. Têm energia e força de vontade de sobra. Trabalham todos os dias e ainda por cima conseguem viver um romance. Minha mãe, então, vivia trocando de namorado até recentemente. Como meu pai, que é o ex-marido dela, tem esposa e quatro filhos, ficava com ciúmes. Ficou quase louca. E a esposa do meu pai... Lembrei da namorada baixinha [dele]. Será que ainda eram noivos? Será que vão se casar? Também fiquei profundamente enciumada. Como se pertencesse à geração dos nossos pais. Não conhecia essa sensação. O ciúme não seria a última emoção que permanece até o fim? (Respeito e medo não podiam ser vistos em mais nenhum lugar. Todos viviam de forma despreocupada e melancólica, ou seja, viviam meio na brincadeira.)

— Que foi?
— E você e ela...
— Ah, eu ia falar disso. *Está tudo bem!*
— Ouvi dizer que vocês voltaram a se ver.
— Estamos nos vendo. Pra conversar. Adivinha o que aconteceu? Ela ficou grávida!
— No hospital? Você é o doador?
— Não, não é isso. Foi *natural*.
— Hã? Que nojo.
— É por causa da peculiaridade metabólica dela. No começo fiquei assustado, mas parece que é verdade. Ela não mente. Sei disso.

Eu minto com frequência. Digo coisas impensadas. Algo obscuro começou a se mover no fundo do meu peito.

— Então... Você é a causa?
— Ela diz que só sai com uma pessoa por vez. Que a cabeça fica cheia pensando nessa pessoa. Além disso, deposita total confiança em mim. Diz que sou *uma boa pessoa*. Diz que jamais vai me trair. Que nosso amor é pra sempre.
— Não brinca. Que exagero.

— Não fui eu que disse essas coisas. Chego a pensar: ela deve ser um anjo. Aquela vitalidade, aquele apetite sexual. Acho que mesmo matando, não vai morrer. Queria tentar matar.

— Eu vou desligar.

Estou com dor de cabeça. Quero a minha cama.

— Espere. Não quero ter um filho. Quero me extinguir sozinho, em silêncio. Tenho que dar um jeito nela. Me ajude.

— Tente convencê-la você mesmo, sem minha ajuda.

— Com a força física que ela tem, nunca vou conseguir. Ei, você não pode vir pra cá agora? Por favor, é meu último desejo.

A tela ficou clara e *o* vi ajoelhado e com a cabeça encostada no chão.

— Ei, diga alguma coisa. Seja como for, eu te amo. Você é um anjo... Não, é encantadora como uma diaba. É sério.

O apartamento (do pai) [dele] estava cheio de máquinas. Tudo estava bem-organizado.

— É deste lado — disse [ele].

O quarto [dele] estava mais limpo, arrumado, e parecia confortável. Tinha uma câmera posicionada.

— Você filma o que com isso? — perguntei.

— O meu dia a dia.

— Pra assistir depois e ficar deslumbrado?

— Às vezes — respondeu [ele] ajustando a iluminação, a temperatura e a direção do vento.

— Você arruma o quarto sempre, né?

— É um bom passatempo.

[Ele] iniciou a reprodução do vídeo. Apareceu a praça próxima ao Teatro Koma.

— É o vídeo daquele dia. Consegui a cópia.
Passou a cena do assassinato.
— Não é muito emocionante.
— Não. Tenho que lembrar a mim mesmo que é um acontecimento real, porque, senão, parece muito chato. Não tem jeito, na gravação de uma cena real o ângulo não é bom, a imagem fica tremida, não é como nas novelas. Nesse vídeo, então, a qualidade da imagem não está boa de tanto que foi copiado. Reforça a sensação de que é real.
— Como a imagem não é clara, estimula a imaginação.
— Exatamente. Outro dia comprei um documentário de um suicídio. Um homem ficou atolado em dívidas e gravou o vídeo pensando na família. Pra que pudessem vender e quitar a dívida. Foi um grande sucesso. Quer ver?
[Ele] trocou a fita.
Apareceu na tela um homem de meia-idade com expressão séria, dizendo um preâmbulo. Devia ter aproximadamente a idade do meu pai. (O meu pai também se matou!) A aparência também lembrava meu pai, mas é claro que era outra pessoa.
— Ele fala calmamente — comentei.
— Sim. É bem real.
O homem da tela disse "Então..." e tomou um líquido que parecia veneno direto da garrafa.
— Que é isso? — perguntei.
— Ele tentou preparar tudo com cuidado, mas esqueceu de explicar. Esse ponto reforça a sensação de *realidade*.
Mesmo na época atual valorizamos o que é real. Mas, por outro lado, tentamos acabar com a fronteira entre a realidade e a ficção.
— Será que é pesticida? — falei o que me ocorreu.

[Ele], no entanto, achou que eu brincava, pois o homem não parecia agricultor.

— Não sabia que seu hobby era ver vídeos cruéis — comentei.

— O que é inusitado tem seu charme, não? Ah, como queria ser Terence Stamp — disse [ele], insinuante.

— Quem?

— De *O colecionador*.

— De quê?

— É nome de filme. É um bonitão. A propósito... — [Ele] fitou meu rosto e eu desviei o olhar. Quando voltei a olhar, [ele] continuava me fitando. De súbito me ocorreu uma coisa e cruzei os braços na frente do rosto:

— Não! Não me mate!

[Ele] esboçou um leve sorriso no canto dos lábios.

— ... Não vou te matar. Você não está grávida. Mas ela, sim, ela está vindo — disse [ele] silenciosamente, como se cantasse.

— Mas, o que você...

— Não posso fazer sozinho. Acho que vou ficar muito cansado. Quero que você a segure. Ela deve se debater muito.

— Não quero fazer isso.

— Acho que é mais fácil do que você imagina. É só apertar o pescoço.

— E se eu estivesse grávida, seria eu em vez dela? Você iria me matar com a ajuda dela?

— Bem, provavelmente. Mas isso tanto faz. Pense que está numa novela de TV. Você é uma das personagens.

— Acho que não vou me lembrar disso.

— Vou gravar — disse [ele]. O que tem em mente?

[Ele] segurou as minhas mãos e se sentou.

— Quando tudo acabar, vai ver que não foi nada. Não adianta tentar esconder o seu lado sádico. Você mesma disse que sua mãe tentou te matar duas vezes quando você era criança. Como a Mary Bell.
— Não pretendo te ajudar.
— Aconteceu de verdade na Inglaterra. Duas meninas, uma de onze e outra de treze, mataram dois meninos de três e quatro anos. A de onze era mais inteligente e astuta e controlava a mais velha. A mais nova era a líder, e a de treze foi absolvida.
— Não quero saber.
— E o caso da Lizzie Borden?
— Para. O que você quer dizer?
— Quero dizer que sua criação foi problemática. Uma hora tratavam você com toda a atenção, outra hora eram cruéis. E esse ciclo se repetiu algumas vezes.
— Mas o que você ganha com isso...
— Como você é ingênua. Teremos mais um *bom* vídeo. E se formos descobertos e presos, a polícia deve ir atrás da minha mãe...
A campainha tocou.

De madrugada tive uma crise de histeria e comecei a chorar. [Ele] acordou. Acho que era a primeira vez que eu chorava. Tentando me acalmar, [ele] deu uns tapinhas na minha mão.
— Não se preocupe. Por que não faz a cirurgia amanhã? Coloca os eletrodos no cérebro. Assim, vai se sentir bem melhor.
Puxei a extremidade da meia-calça com toda a força. [Ele] tinha ateado fogo no meu ciúme. Enfiamos o cadáver no freezer. Os olhos dela estavam fechados e a língua dependurada languidamente.

— E agora, o que faremos? — perguntei.

— Vamos nos casar.

— Eu não quero. Não quero compartilhar esse tipo de memória.

— Pela legislação atual, o testemunho do cônjuge não tem efeito legal. Por isso, se nos casarmos, vai ser melhor pra nós dois. Como no filme *O pior dos pecados*.

Por que [ele] consegue se manter tão calmo? Seria por causa do tal dispositivo?

— Vamos fazer aquilo... que não fazemos há muito tempo?

— Hã?... Mas o lençol pode sujar.

Estávamos na cama do pai [dele], pois não queríamos ficar no quarto onde ocorrera o assassinato.

— Não tem problema — disse [ele] me enlaçando.

Não consegui parar de pensar no lençol até o fim.

Quando terminou, [ele] abriu os olhos. Parecia ver algo diferente.

Eu não estava mais entediada.

FONTES
Fakt e Heldane Text
PAPEL
Avena
IMPRESSÃO
Lis Gráfica